掌握必考單字，高分通過新日檢！

新日檢N5單字帶著背！

新版

張暖彗 著
元氣日語編輯小組 總策劃

作者序

積沙成塔，
高效率記住所有單字

教學多年，發現很多同學，最討厭的就是「背單字」，雖然這是很不起眼的功課，可是「單字」就像「點」一樣，由無數的「點」，就可以連接成「線」，再藉著這些「線」來建構「面」，自此無限延伸，變化萬千的新世界，便在您眼前展開。所以學語言，首重背「單字」，只要單字背得多，不論文章的閱讀或是聽解都有莫大的幫助。

本書根據日文初學者的進度，循序漸進導入各式各樣實用且必備的主題，透過這些主題的整理，相關的單字都可觸類旁通，可說是事半功倍的背誦方式。

另外，本書也針對日文的特性，整理出複意、複音字（「同音異字」和「同字異音」）等單字，讓讀者可以清晰的了解差異，有助於大家能將單字用得適時適所，不論是縱向的整理或是橫向的統合，面面兼具。

其實單字也可以輕鬆背，請好好跟著本書的腳步，相信您也可以高效率的記住所有的單字，別輕忽了積沙成塔的力量！

張暖彗

戰勝新日檢，掌握日語關鍵能力

元氣日語編輯小組

日本語能力測驗（**日本語能力試験**（にほんごのうりょくしけん））是由「日本國際教育支援協會」及「日本國際交流基金會」，在日本及世界各地為日語學習者測試其日語能力的測驗。自1984年開辦，迄今超過30多年，每年報考人數節節升高，是世界上規模最大、也最具公信力的日語考試。

新日檢是什麼？

近年來，除了一般學習日語的學生之外，更有許多社會人士，為了在日本生活、就業、工作晉升等各種不同理由，參加日本語能力測驗。同時，日本語能力測驗實行30多年來，語言教育學、測驗理論等的變遷，漸有改革提案及建言。在許多專家的縝密研擬之下，自2010年起實施新制日本語能力測驗（以下簡稱新日檢），滿足各層面的日語檢定需求。

除了日語相關知識之外，新日檢更重視「活用日語」的能力，因此特別在題目中加重溝通能力的測驗。目前執行的新日檢為5級制（N1、N2、N3、N4、N5），新制的「N」除了代表「日語（Nihongo）」，也代表「新（New）」。

新日檢N5的考試科目有什麼？

新日檢N5的考試科目，分為「言語知識（文字・語彙）」、「言語知識（文法）・讀解」與「聽解」三科考試，計分則為「言語知識（文字・語彙・文法）・讀解」120分，「聽解」60分，總分180分，並設立各科基本分數標準，也就是總分須通過合格分數（=通過標準）之外，各科也須達到一定成績（=通過門檻），如果總分達到合格分數，但有一科成績未達到通過門檻，亦不算是合格。各級之總分通過標準及各分科成績通過門檻請見下表。

<table>
<tr><th colspan="4">N5總分通過標準及各分科成績通過門檻</th></tr>
<tr><td rowspan="2">總分通過標準</td><td>得分範圍</td><td colspan="2">0~180</td></tr>
<tr><td>通過標準</td><td colspan="2">80</td></tr>
<tr><td rowspan="4">分科成績通過門檻</td><td rowspan="2">言語知識（文字・語彙・文法）・讀解</td><td>得分範圍</td><td>0~120</td></tr>
<tr><td>通過門檻</td><td>38</td></tr>
<tr><td rowspan="2">聽解</td><td>得分範圍</td><td>0~60</td></tr>
<tr><td>通過門檻</td><td>19</td></tr>
</table>

從上表得知，考生必須總分超過80分，同時「言語知識（文字・語彙・文法）・讀解」不得低於38分、「聽解」不得低於19分，方能取得N5合格證書。

此外，根據官方新發表的內容，新日檢N5合格的目標，是希望考生能完全理解基礎日語。

<table>
<tr><th colspan="3">新日檢程度標準</th></tr>
<tr><td rowspan="2">新日檢N5</td><td>閱讀（讀解）</td><td>・理解日常生活中以平假名、片假名或是漢字等書寫的語句或文章。</td></tr>
<tr><td>聽力（聽解）</td><td>・在教室、身邊環境等日常生活中會遇到的場合下，透過慢速、簡短的對話，即能聽取必要的資訊。</td></tr>
</table>

新日檢N5的考題有什麼（新舊比較）？

從2020年度第2回（12月）測驗起，新日檢N5測驗時間及試題題數基準進行部分變更，考試內容整理如下表所示：

<table>
<tr><th rowspan="3" colspan="2">考試科目</th><th colspan="4">題型</th><th colspan="2" rowspan="2">考試時間</th></tr>
<tr><th rowspan="2" colspan="2">大題</th><th rowspan="2">內容</th><th colspan="2">題數</th></tr>
<tr><th>舊制</th><th>新制</th><th>舊制</th><th>新制</th></tr>
<tr><td rowspan="4">言語知識（文字・語彙）</td><td rowspan="4">文字・語彙</td><td>1</td><td>漢字讀音</td><td>選擇漢字的讀音</td><td>12</td><td>7</td><td rowspan="4">25分鐘</td><td rowspan="4">20分鐘</td></tr>
<tr><td>2</td><td>表記</td><td>選擇適當的漢字</td><td>8</td><td>5</td></tr>
<tr><td>3</td><td>文脈規定</td><td>根據句子選擇正確的單字意思</td><td>10</td><td>6</td></tr>
<tr><td>4</td><td>近義詞</td><td>選擇與題目意思最接近的單字</td><td>5</td><td>3</td></tr>
</table>

考試科目		題型					考試時間	
		大題		內容	題數			
					舊制	新制	舊制	新制
言語知識（文法）・讀解	文法	1	文法1（判斷文法形式）	選擇正確句型	16	9	50分鐘	40分鐘
		2	文法2（組合文句）	句子重組（排序）	5	4		
		3	文章文法	文章中的填空（克漏字），根據文脈，選出適當的語彙或句型	5	4		
	讀解	4	內容理解（短文）	閱讀題目（包含學習、生活、工作等各式話題，約80字的文章），測驗是否理解其內容	3	2		
		5	內容理解（中文）	閱讀題目（日常話題、場合等題材，約250字的文章），測驗是否理解其因果關係或關鍵字	2	2		
		6	資訊檢索	閱讀題目（廣告、傳單等，約250字），測驗是否能找出必要的資訊	1	1		

<table>
<tr><th rowspan="3">考試科目</th><th colspan="4">題型</th><th colspan="2" rowspan="2">考試時間</th></tr>
<tr><th colspan="2" rowspan="2">大題</th><th rowspan="2">內容</th><th colspan="2">題數</th></tr>
<tr><th>舊制</th><th>新制</th><th>舊制</th><th>新制</th></tr>
<tr><td rowspan="4">聽解</td><td>1</td><td>課題理解</td><td>聽取具體的資訊，選擇適當的答案，測驗是否理解接下來該做的動作</td><td>7</td><td>7</td><td rowspan="4">30分鐘</td><td rowspan="4">30分鐘</td></tr>
<tr><td>2</td><td>重點理解</td><td>先提示問題，再聽取內容並選擇正確的答案，測驗是否能掌握對話的重點</td><td>6</td><td>6</td></tr>
<tr><td>3</td><td>說話表現</td><td>邊看圖邊聽說明，選擇適當的話語</td><td>5</td><td>5</td></tr>
<tr><td>4</td><td>即時應答</td><td>聽取單方提問或會話，選擇適當的回答</td><td>6</td><td>6</td></tr>
</table>

其他關於新日檢的各項改革資訊，可逕查閱「日本語能力試驗」官方網站http://www.jlpt.jp/。

台灣地區新日檢相關考試訊息

測驗日期：每年七月及十二月第一個星期日

測驗級數及時間：N1、N2在下午舉行；
N3、N4、N5在上午舉行

測驗地點：台北、桃園、台中、高雄

報名時間：第一回約於三～四月左右，第二回約於八～九月左右

實施機構：財團法人語言訓練測驗中心
（02）2365-5050
http://www.lttc.ntu.edu.tw/JLPT.htm

如何使用本書

主題式總整理

參考歷年考題，統整出在考題中出現機率高，同時也是最基礎的單字群，並依詞性分成七大類與數十個小主題，不可不背！

主題

七大類主題式總整理，認識新日檢N5必備的基礎單字。

一

名詞

背單字就從名詞開始，就算題目再艱深、文字再多，只要名詞部分能大致看懂，就能夠猜出整段文字是在敘述哪方面的人事物。因此，名詞可以說是最基礎也最好掌握的得分關鍵！請好好背熟，就能輕鬆掌握一半以上的得分！

MP3序號

特聘日籍名師錄製，配合音檔學習，一邊聆聽，一邊記憶，記得快又記得牢。

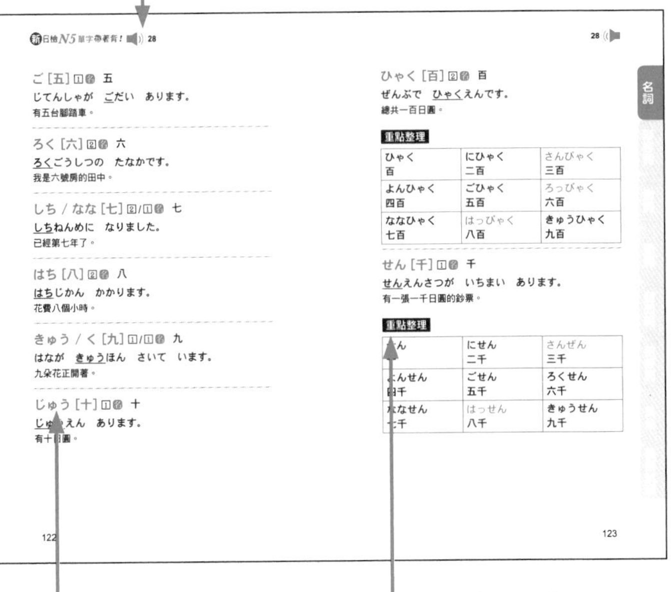

新日檢N5單字帶著背！ 28

ご［五］1 名 五
じてんしゃが　ごだい　あります。
有五台腳踏車。

ろく［六］2 名 六
ろくごうしつの　たなかです。
我是六號房的田中。

しち／なな［七］2/1 名 七
しちねんめに　なりました。
已經第七年了。

はち［八］2 名 八
はちじかん　かかります。
花費八個小時。

きゅう／く［九］1/1 名 九
はなが　きゅうほん　さいて　います。
九朵花正開著。

じゅう［十］1 名 十
じゅ[illegible]えん　あります。
有十[illegible]圓。

122

28

ひゃく［百］2 名 百
ぜんぶで　ひゃくえんです。
總共一百日圓。

重點整理

ひゃく 百	にひゃく 二百	さんびゃく 三百
よんひゃく 四百	ごひゃく 五百	ろっぴゃく 六百
ななひゃく 七百	はっぴゃく 八百	きゅうひゃく 九百

せん［千］1 名 千
せんえんさつが　いちまい　あります。
有一張一千日圓的鈔票。

重點整理

[illegible]ん	にせん 二千	さんぜん 三千
[illegible]んせん [illegible]千	ごせん 五千	ろくせん 六千
[illegible]なせん [illegible]千	はっせん 八千	きゅうせん 九千

名詞

123

單字

依照分類，精選最容易在考題中出現的單字，發音＋漢字＋重音＋詞性＋實用例句，輕鬆累積單字量。

重點整理表

細心列出數字、數量詞、時間等新日檢必考之「重點整理表」，不管變化再繁複，必能獲得高分。

隨堂測驗＋模擬試題與完全解析

不僅每一小單元之後都有小練習，還附上3回擬真「模擬試題＋完全解析」，不管是在記憶單字後或是新日檢考試前，都能測驗自己的實力！

隨堂測驗

學完一小主題，立即能測驗學習成效，測驗完再翻回前面單字複習，多看多練習，單字拿高分不再是夢想。

新日檢N5單字帶著背！ 17

（六）娛樂
❷旅行

りょこう［旅行］⓪名 旅行
りょこうを　します。
去旅行。

がいこく［外国］⓪名 外國
がいこくへ　いきます。
出國。

ちず［地図］①名 地圖
ちずを　みます。
看地圖。

しゃしん［写真］⓪名 照片
しゃしんを　とります。
拍照。

カメラ ①名 相機
カメラを　おとしました。
相機掉了。

フィルム ①⓪名 底片
フィルムが　ありません。
沒有底片。

84

隨堂測驗

（1）選出正確答案

（　）① ＿＿＿ちず
1. 地根　2. 地歩　3. 地図　4. 地面

（　）② ＿＿＿写真
1. しゃじん　2. しゃちん　3. じゃしん　4. しゃしん

（　）③ ＿＿＿外国
1. がいこく　2. かいがい　3. かいごく　4. がいこう

（2）填入正確單字

（　）① あなたの　＿＿＿で　しゃしんを　とって　ください。
1. プール　2. カメラ　3. ギター　4. フォーク

（　）② みちが　わかりません。＿＿＿を　みます。
1. ちず　2. フィルム　3. ニュース　4. ホテル

（　）③ ひこうきで　＿＿＿へ　いきます。
1. ちず　2. まえ　3. がいこく　4. えいが

名詞

85

新日檢N5單字帶著背！

（八）模擬試題＋完全解析

❶模擬試題第一回

もんだい 1

ぶんの ＿＿の かんじは どう よみますか。
1・2・3・4から いちばん いい ものを
ひとつ えらびなさい。

（ ）① 新しい ようふくですね。
1. あたらしい　2. あだらしい
3. あらたしい　4. あらだしい

（ ）② 電気を けして ください。
1. でんぎ　2. でんき
3. てんぎ　4. てんき

（ ）③ 食堂で 昼ごはんを たべます。
1. こる　2. ある
3. はる　4. ひる

（ ）④ 父は がいこくで 働いて います。
1. はたらいて　2. めたらいて
3. ひたらいて　4. くたらいて

（ ）⑤ 荷物を たくさん もって います。
1. かもつ　2. にもつ
3. かもの　4. にもの

（ ）⑥ 田中さん、お元気ですか。
1. けんけ　2. がんけ
3. げんき　4. がんき

250

模擬試題

完全模擬新日檢出題方向，考題精準，培養應考戰力。

模擬試題第一回　中譯及解析

問題 1

文章中＿＿的漢字怎麼唸呢？請從1・2・3・4當中選出一個最好的答案。

（ ）① 新しい ようふくですね。
1. あたらしい　2. あだらしい
3. あらたしい　4. あらだしい

中譯 新衣服啊。

解析 「新しい」（新的）是イ形容詞，這裡用來修飾後面的「洋服」（衣服）。

（ ）② 電気を けして ください。
1. でんぎ　2. でんき
3. てんぎ　4. てんき

中譯 請關電燈。

解析 「電気」是名詞，有二個意思，一個是「電力」，一個是「電燈」，這裡做「電燈」解釋。

（ ）③ 食堂で 昼ご飯を たべます。
1. こる　2. ある
3. はる　4. ひる

中譯 在食堂吃午飯。

解析 「昼」（中午）是名詞，後面除了接續「ご飯」（飯），變成「昼ご飯」（午飯）之外，也常接「休み」，變成「昼休み」，為「午休」之意。

完全解析

257

日文原文與中文翻譯

做完考題後立即對照，掌握自我實力。

完全解析

老師詳細解說模擬試題，了解作答盲點所在。

如何掃描 QR Code 下載音檔

1. 以手機內建的相機或是掃描 QR Code 的 App 掃描封面的 QR Code。
2. 點選「雲端硬碟」的連結之後，進入音檔清單畫面，接著點選畫面右上角的「三個點」。
3. 點選「新增至「已加星號」專區」一欄，星星即會變成黃色或黑色，代表加入成功。
4. 開啟電腦，打開您的「雲端硬碟」網頁，點選左側欄位的「已加星號」。
5. 選擇該音檔資料夾，點滑鼠右鍵，選擇「下載」，即可將音檔存入電腦。

目　次

本書略語一覽表

名	名詞
副	副詞
副助	副助詞
自動	自動詞
他動	他動詞
イ形	イ形容詞（形容詞）
ナ形	ナ形容詞（形容動詞）
疑	疑問詞
接續	接續詞
連體	連體詞

一

名詞

背單字就從名詞開始，就算題目再艱深、文字再多，只要名詞部分能大致看懂，就能夠猜出整段文字是在敘述哪方面的人事物。因此，名詞可以說是最基礎也最好掌握的得分關鍵！請好好背熟，就能輕鬆掌握一半以上的得分！

(一) 人

❶ 稱呼

わたし [私] 0 名 我

わたしは　がくせいです。

我是學生。

わたくし [私] 0 名 我，「わたし」的謙稱，禮貌用法

わたくしは　やまだで　ございます。

敝人名叫山田。

じぶん [自分] 0 名 自己

じぶんで　します。

自己做。

あなた [貴方] 2 名 你、妳、您

あなたは　にほんじんですか。

你是日本人嗎？

おとな [大人] 0 名 大人

おとなに　なりました。

長大成人了。

こども [子供] 0 名 小孩

こどもは　はんがくです。

小孩半價。

おとこ [男] 3 名 男人

おとこは　ちからが　つよいです。

男人的力氣大。

おとこのこ [男の子] 3 名 男孩

おとこのこが　ふたり　います。

有二個男孩子。

おんな [女] 3 名 女人

うちは　おんなが　おおいです。

我家女人多。

おんなのこ [女の子] 3 名 女孩

おんなのこに　でんわばんごうを　ききます。

問女孩子的電話。

ひと [人] 0 2 名 人

あのひとは　せんせいです。

那個人是老師。

かた [方] 2 名 位，「ひと」的敬稱

あのかたは　どなたですか。

那位是哪位？

みんな [皆] / みなさん [皆さん]

3 / 2 名 大家、各位

みんな　こちらへ　どうぞ。

大家這邊請。

なまえ［名前］0 名　名字

なまえを　かきなさい。

寫上名字。

隨堂測驗

（1）選出正確答案

（　）① ＿＿＿こども

1.于ども　2.子ども
3.児ども　4.小ども

（　）② ＿＿＿人

1. ひと　2. じん
3. しと　4. にん

（　）③ ＿＿＿皆さん

1. みいなさん　2. みんなさん
3. みなさん　4. みなんさん

（2）填入正確單字

（　）① かみに　あなたの　＿＿＿を　かきなさい。

1. なまえ　2. みんな
3. ひと　4. おとこ

（　）② ＿＿＿は　がくせいですか。

1. わたくし　2. ひと
3. わたし　4. あなた

（　）③ ＿＿＿＿の　きょうだいは　あにと
おとうとです。

1. からだ　　2. おんな
3. あなた　　4. おとこ

解答

(1) ① 2　② 1　③ 3

(2) ① 1　② 4　③ 4

名詞

(一)人
❷人際關係

ともだち [友達] 0 名 朋友

ともだちが　たくさん　います。

有很多朋友。

かてい [家庭] 0 名 家庭

かていりょうりが　いちばんです。

家庭料理最棒。

かぞく [家族] 1 名 家族、家人

うちは　よにんかぞくです。

我家有四個人。

りょうしん [両親] 1 名 雙親

りょうしんは　にほんに　います。

雙親在日本。

きょうだい [兄弟] 1 名 兄弟姊妹

きょうだいが　いますか。

有兄弟姊妹嗎？

ちち [父] 1 名 家父

ちちは　かいしゃいんです。

家父是上班族。

はは [母] 1 名 家母

ははは　せんぎょうしゅふです。

家母是家庭主婦。

あに [兄] 1 名 家兄

あには　だいがくせいです。

家兄是大學生。

あね [姉] 0 名 家姊

あねは　けっこんして　います。

家姊結婚了。

おとうと [弟] 4 名 舍弟

おとうとが　ひとり　います。

有一個弟弟。

いもうと [妹] 4 名 舍妹

いもうとは　あめが　すきです。

妹妹喜歡糖果。

おじ [伯父 / 叔父] 0 名 自己的伯、叔、姑、舅父

おじは　ちちより　さんさいうえです。

伯父比家父大三歲。

おば [伯母／叔母] [0] 名 自己的伯、叔、姑、舅母

おばは　ははと　どうきゅうせいです。
伯母和家母是同學。

おじいさん [お爺さん] [2] 名 對自己或他人的爺爺的尊稱

おじいさんは　おげんきですか。
（您）爺爺好嗎？

おばあさん [お婆さん] [2] 名 對自己或他人的奶奶的尊稱

おばあさんは　やさしいです。
（您）奶奶很溫柔。

おとうさん [お父さん] [2] 名 對自己或他人的父親的尊稱

おとうさんも　かいしゃいんですか。
令尊也是上班族嗎？

おかあさん [お母さん] [2] 名 對自己或他人的母親的尊稱

おかあさんは　りょうりが　じょうずですか。
令堂擅於廚藝嗎？

おにいさん [お兄さん] ② 名 對自己或他人的哥哥的尊稱

おにいさんは　がくせいですか。
令兄是學生嗎？

おねえさん [お姉さん] ② 名 對自己或他人的姊姊的尊稱

おねえさんは　オーエルですか。
令姊是粉領族嗎？

おとうとさん [弟さん] ⓪ 名 對別人的弟弟的尊稱

おとうとさんは　ひとりですか。
只有一位弟弟嗎？

いもうとさん [妹さん] ⓪ 名 對別人的妹妹的尊稱

いもうとさんは　かわいいです。
令妹很可愛。

おじさん [伯父さん / 叔父さん]
⓪ 名 對自己或他人的伯、叔、姑、舅父的尊稱

おじさんは　タバコを　すいますか。
（您）叔叔抽菸嗎？

おばさん［伯母さん／叔母さん］

0 名 對自己或他人的伯、叔、姑、舅母的尊稱

おばさんは　せんせいですか。

（您）伯母是老師嗎？

隨堂測驗

（1）選出正確讀音

（　）① ＿＿＿＿家族

1. がぞく　　2. かそく
3. かぞく　　4. かっぞく

（　）② ＿＿＿＿友だち

1. とみだち　　2. ともだち
3. とめだち　　4. どもだち

（　）③ ＿＿＿＿母

1. おば　　2. あね
3. はは　　4. ちち

（2）填入正確單字

（　）① わたしの　かぞくは　＿＿＿＿と　わたしです。

1. がいこくじん　　2. がくせい
3. かいしゃいん　　4. りょうしん

（　）② おかあさんの　おんなの　＿＿＿＿は　おばさんです。

1. かてい　　2. きょうだい
3. おとうと　　4. あに

（　）③ おとうさんの　おとうさんは
_______です。
1. おにいさん　　　　2. おとうとさん
3. おじいさん　　　　4. おじさん

解答

(1) ① 3　② 2　③ 3
(2) ① 4　② 2　③ 3

（一）人
❸器官

あたま［頭］ 32 名 頭、腦筋

あたまが　いいです。

腦筋好。

かお［顔］ 0 名 臉

かおを　あらって　ください。

請洗臉。

め［目］ 1 名 眼睛

めを　だいじに　しなさい。

好好愛惜眼睛。

はな［鼻］ 0 名 鼻子

はなが　つまりました。

鼻塞了。

くち［口］ 0 名 嘴巴

くちに　あいます。

合胃口。

は［歯］ 1 名 牙齒

はが　いたいです。

牙齒痛。

みみ [耳] ② 名 耳朵、聽力

みみが　とおく　なりました。

聽力減退了。

からだ [体] ⓪ 名 身體、軀幹

おすもうさんの　からだは　おおきいです。

相撲選手的身體很大。

せい [背] ① 名 身高

せいが　ひくいです。

個頭矮。

おなか [お腹] ⓪ 名 腹部、肚子

おなかが　いっぱいです。

肚子好飽。

て [手] ① 名 手、手段

インドじんは　てで　ごはんを　たべます。

印度人用手吃飯。

あし [足] ② 名 腳、腳程

にんげんは　あしが　にほん　あります。

人類有二隻腳。

こえ [声] ① 名 人類或動物發出的聲音、心聲

むしの　こえが　きこえます。

聽到蟲鳴聲。

隨堂測驗

(1) 選出正確讀音

(　) ① ＿＿＿＿耳

1. て　　2. みみ
3. あたま　　4. かお

(　) ② ＿＿＿＿鼻

1. て　　2. あし
3. め　　4. はな

(　) ③ ＿＿＿＿お腹

1. おなか　　2. おなら
3. おはか　　4. おばら

(2) 填入正確單字

(　) ① ＿＿＿＿が　いたいですから、やすみます。

1. あたま　　2. こえ
3. びょうき　　4. じん

(　) ② タバコは　＿＿＿＿に　よくないです。

1. あし　　2. からだ
3. せい　　4. め

(　) ③ みなさん　おおきい　＿＿＿＿で
うたいましょう。

1. からだ　　2. えき
3. みみ　　4. こえ

解答

(1) ① 2　② 4　③ 1

(2) ① 1　② 2　③ 4

（一）人

❹身分

せんせい［先生］ ③ 名 老師

たなかさんは　せんせいです。

田中先生是老師。

がくせい［学生］ ⓪ 名 學生

わたしは　がくせいです。

我是學生。

せいと［生徒］ ① 名 （小學、國中、高中的）學生

このがっこうの　せいとは　すばらしいです。

這間學校的學生很優秀。

りゅうがくせい［留学生］ ③ 名 留學生

すずきさんは　りゅうがくせいです。

鈴木同學是留學生。

おまわりさん［お巡りさん］ ② 名 警察

まよったら　おまわりさんに　きいて　ください。

迷路的話，請向警察詢問。

けいかん [警官] 0 名 警官

<u>けいかん</u>は　みんなの　あんぜんを
まもって　います。

警官保護著大家的安全。

いしゃ [医者] 0 名 醫生

<u>いしゃ</u>に　なりたいです。

想要成為醫生。

がいこくじん [外国人] 4 名 外國人

とうきょうは　<u>がいこくじん</u>が　たくさん
います。

東京有很多外國人。

隨堂測驗

(1) 選出正確讀音

(　) ① ________学生

1. がくせい　　2. かくせい
3. がくぜい　　4. がっせい

(　) ② ________先生

1. せんせえ　　2. せいせい
3. せんぜい　　4. せんせい

(　) ③ ________医者

1. いしゃ　　2. いしょ
3. いじょ　　4. いじゃ

（2）填入正確單字

（　）① がいこくの　がくせいは　＿＿＿＿です。
1. せいと　　2. がいこくじん
3. りゅうがくせい　　4. せんせい

（　）② あぶない　とき　＿＿＿＿の　ところへ　いきなさい。
1. けいひん　　2. けいかん
3. けいがん　　4. けしかん

（　）③ ＿＿＿＿は　しょうがくせいと　ちゅうがくせいと　こうこうせいの　ことです。
1. せいと　　2. いしゃ
3. おまわりさん　　4. せんせい

解答

（1）① 1　② 4　③1
（2）① 3　② 2　③ 1

（二）食

❶食物

たべもの［食べ物］③②名 食物

スーパーで　たべものを　かいます。

在超市買食物。

ごはん［ご飯］①名 飯

アジアじんは　ごはんが　すきです。

亞洲人喜歡米飯。

にく［肉］②名 肉

にくが　きらいです。

討厭吃肉。

ぎゅうにく［牛肉］⓪名 牛肉

ぎゅうにくを　たべない　ひとも　います。

也有人不吃牛肉。

ぶたにく［豚肉］⓪名 豬肉

ぶたにくを　いためます。

炒豬肉。

とりにく［鶏肉］⓪名 雞肉

とりにくを　つかって　ください。

請使用雞肉。

たまご [卵 / 玉子] ②⓪ 名 蛋

たまごりょうりは　いろいろ　あります。

蛋料理種類繁多。

やさい [野菜] ⓪ 名 蔬菜

まいにち　やさいを　たべなさい。

每天要吃蔬菜。

くだもの [果物] ② 名 水果

たいわんの　くだものは　あまいです。

台灣的水果很甜。

あめ [飴] ⓪ 名 糖果

こどもは　あめが　だいすきです。

小朋友最喜歡糖果。

おかし [お菓子] ② 名 點心

おかしは　どこに　ありますか。

點心放在哪？

りょうり [料理] ① 名 料理

おかあさんの　りょうりは　おいしいですか。

令堂的料理好吃嗎？

あさごはん [朝ご飯] ③ 名 早餐

あさごはんは　たべなければ　いけません。

不吃早餐不行。

ひるごはん [昼ご飯] 3 名 午餐

しょくどうで　ひるごはんを　たべました。

在食堂吃了午飯。

ばんごはん [晩ご飯] 3 名 晚餐

かぞくと　ばんごはんを　たべます。

和家人共進晚餐。

ゆうはん [夕飯] 0 名 晚飯

しちじに　ゆうはんに　します。

七點用晚飯。

おべんとう [お弁当] 0 名 便當

おべんとうを　わすれました。

把便當給忘了。

タバコ 0 名 香菸

タバコを　やめます。

戒菸。

パン 1 名 麵包

よく　パンを　たべます。

經常吃麵包。

隨堂測驗

（1）選出正確答案

（　）① ________ゆうはん

1. 朝はん　　2. 夕はん
3. 昼はん　　4. 晩はん

（　）② ________玉子

1. たまご　　2. だまご
3. たまこ　　4. はまこ

（　）③ ________食べもの

1. たべもの　　2. なべもの
3. しべもの　　4. のべもの

（2）填入正確單字

（　）① あさごはんは　________と　たまごです。

1. バン　　2. テン
3. ボン　　4. パン

（　）② ________を　たべます。

1. ご飯　　2. ご反
3. ご犯　　4. ご判

（　）③ みかんは　________です。

1. やさい　　2. にく
3. くだもの　　4. おかし

解答

(1) ① 2　② 1　③ 1

(2) ① 4　② 1　③ 3

（二）食
❷ 飲料

のみもの［飲み物］③②名　飲料

のみものは　いかがですか。

您需要飲料嗎？

みず［水］⓪名　水

きれいな　みずです。

清澈的水。

おちゃ［お茶］⓪名　茶

おちゃが　すきです。

喜歡喝茶。

こうちゃ［紅茶］⓪名　紅茶

こうちゃの　かおりは　すてきです。

紅茶的香味很迷人。

ぎゅうにゅう［牛乳］⓪名　牛奶

ぎゅうにゅうは　ほねに　いいです。

牛奶對骨骼很好。

おさけ［お酒］⓪名　日本酒

おさけは　こめで　つくりました。

日本酒是米釀的。

くすり [薬] 0 名 藥

くすりを　のみます。

吃藥。

コーヒー 3 名 咖啡

コーヒーと　こうちゃと　どちらが　すきですか。

咖啡和茶，你喜歡哪種？

隨堂測驗

(1) 選出正確答案

(　) ① ＿＿＿＿牛乳

1. ぎゅうにゅ　2. ぎゅにゅう
3. ぎゅうにゅう　4. ぎゅにゅ

(　) ② ＿＿＿＿飲みもの

1. のみもの　2. みみもの
3. たみもの　4. うみもの

(　) ③ ＿＿＿＿くすり

1. 楽　2. 菓
3. 専　4. 薬

(2) 填入正確單字

(　) ① のみものは　＿＿＿＿と　こうちゃが　あります。

1. コーヒ　2. コーヒー
3. コヒー　4. コヒ

(　) ② かぜを　ひきましたから、＿＿＿＿を のみます。

1. おさけ　　2. こうちゃ
3. おちゃ　　4. くすり

(　) ③ からだに　わるいから、＿＿＿＿を やめます。

1. みず　　2. タバコ
3. おちゃ　　4. ぎゅうにゅう

解答

(1) ① 3　② 1　③ 4

(2) ① 2　② 4　③ 2

（二）食

❸ 調味料

さとう［砂糖］②名 砂糖

コーヒーに　さとうを　いれますか。

咖啡要加糖嗎？

しお［塩］②名 鹽

しおで　あじを　つけます。

用鹽調味。

しょうゆ［醤油］⓪名 醬油

しょうゆを　すこし　いれて　ください。

請加入少許醬油。

カレー⓪名 咖哩

インドじんは　カレーを　たくさん　たべます。

印度人吃很多咖哩。

バター①名 奶油

バターを　ぬって　たべます。

塗著奶油吃。

隨堂測驗

(1) 選出正確讀音

( ) ① ________醤油

1. しょうにゅ　2. しょうゆう
3. しょゆう　4. しょうゆ

( ) ② ________砂糖

1. さとう　2. さど
3. さどう　4. さと

( ) ③ ________塩

1. ちお　2. しおう
3. しお　4. しる

(2) 填入正確單字

( ) ① あまいのは　________です。

1. しお　2. カレー
3. しょうゆ　4. さとう

( ) ② ________は　ぎゅうにゅうから
つくったものです。

1. バター　2. こうちゃ
3. おちゃ　4. カレー

( ) ③ ゆでたまごに　________を　つけて
たべます。

1. こうちゃ　2. コーヒー
3. ぎゅうにゅう　4. しお

解答

(1) ① 4　② 1　③ 3

(2) ① 4　② 1　③ 4

（二）食
❹餐具

はし［箸］ 1 名 筷子

はしで　ごはんを　たべます。

用筷子吃飯。

おさら［お皿］ 0 名 盤子

おさらを　わりました。

打破了盤子。

ちゃわん［茶碗］ 0 名 碗、飯碗

ちゃわんを　あらって　ください。

請把碗洗一洗。

カップ 1 名 杯子

カップを　つかいます。

使用杯子。

コップ 0 名 玻璃杯

コップに　みずを　いれます。

將水倒入玻璃杯。

はいざら［灰皿］ 0 名 菸灰缸

タバコを　はいざらに　すてます。

把菸丟在菸灰缸。

ナイフ 1 名 刀子

ナイフで　にくを　きります。

用刀切肉。

フォーク 1 名 叉子

フォークを　みぎに　おきます。

把叉子擺在右邊。

スプーン 2 名 湯匙

こどもは　スプーンで　ごはんを　たべます。

小朋友用湯匙吃飯。

隨堂測驗

（1）選出正確讀音

（　）① ＿＿＿＿お皿

1. おざら　　2. おそら

3. おさら　　4. おきら

（　）② ＿＿＿＿箸

1. ひし　　2. はし

3. あし　　4. めし

（　）③ ＿＿＿＿茶碗

1. ちゃわん　　2. ちやわん

3. しゃわん　　4. ちゃわ

（2）填入正確單字

（　）① カレーライスを　＿＿＿＿で　たべます。
1. スプーン　2. フォーク
3. ナイフ　4. はいざら

（　）② にくを　たべるとき、＿＿＿＿で　きって　ください。
1. はし　2. スプーン
3. ちゃわん　4. ナイフ

（　）③ りょうりを　＿＿＿＿に　のせます。
1. はいざら　2. フォーク
3. おさら　4. はし

解答

（1）① 3　② 2　③ 1
（2）① 1　② 4　③ 3

（三）衣

❶服裝

ふく［服］2 名　衣服

ふくを　きます。

穿衣服。

ようふく［洋服］0 名　衣服、西服

きれいな　ようふくです。

漂亮的衣服。

ぼうし［帽子］0 名　帽子

ぼうしを　かぶります。

戴帽子。

うわぎ［上着］0 名　上衣、外衣

うわぎを　あらいます。

洗上衣。

せびろ［背広］0 名　西裝

せびろが　ありません。

沒有西裝。

くつ［靴］2 名　鞋子

くつを　はきます。

穿鞋子。

くつした [靴下] 2 名 襪子

くつしたは　さんぞく　せんえんです。

襪子三雙一千日圓。

シャツ 1 名 襯衫

シャツを　かいます。

買襯衫。

ワイシャツ 0 名 Y領襯衫

おとこのこは　ワイシャツを　きて　ください。

男孩子請穿Y領襯衫。

ネクタイ 1 名 領帶

ネクタイは　さんぼんで　せんにひゃくえんです。

三條領帶一千二百日圓。

セーター 1 名 毛衣

セーターを　わすれないで　ください。

請別把毛衣忘了。

コート 1 名 大衣

コートが　ほしいです。

想要件大衣。

スカート 2 名 裙子

スカートを　はきます。

穿裙子。

ズボン 2 名 長褲

ズボンの　ほうが　べんりです。

長褲比較方便。

スリッパ 2 1 名 拖鞋

スリッパを　はきます。

穿拖鞋。

ポケット 2 1 名 口袋

ポケットに　いれて　ください。

請放進口袋。

ボタン 0 名 釦子、按鈕

ボタンを　かけます。

扣釦子。

隨堂測驗

（1）選出正確讀音

（　）① ________上着

1. うえぎ　　2. うえちゃく
3. うわちゃく　　4. うわぎ

（　）② ________背広

1. せびろ　　2. せひろ
3. せいびろ　　4. せびる

（　）③ ＿＿＿＿洋服
1. ようふぐ　　2. よふく
3. ようふく　　4. ようぶく

（2）填入正確單字

（　）① ワイシャツの　＿＿＿＿は　おおいです。
1. ボタン　　2. バタン
3. ポタン　　4. ボータン

（　）② ＿＿＿＿の　なかに　あめが　あります。
1. ボタン　　2. スリッパ
3. ポケット　　4. スカート

（　）③ いえでは　＿＿＿＿を　はいて　ください。
1. ぼうし　　2. スリッパ
3. うわぎ　　4. スカート

解答

（1） ① 4　② 1　③ 3
（2） ① 1　② 3　③ 2

（三）衣

❷顏色

いろ [色] 2 名　顏色

どのいろが　すきですか。

喜歡哪個顏色？

あか [赤] 1 名　紅

あかが　すきです。

喜歡紅色。

あお [青] 1 名　藍

そらの　いろは　あおです。

天空的顏色是藍色。

きいろ [黄色] 0 名　黃色

タクシーは　きいろです。

計程車是黃色。

くろ [黒] 1 名　黑

からすの　いろは　くろです。

烏鴉的顏色是黑色。

しろ [白] 1 名　白

ゆきの　いろは　しろです。

雪的顏色是白色。

ちゃいろ [茶色] 0 名 褐色

かみは　ちゃいろです。

頭髮是褐色。

みどり [緑] 1 名 綠

みどりは　めに　いいです。

綠色有益眼睛。

隨堂測驗

(1) 選出正確讀音

(　) ① ________青
　1. みどり　　2. ちゃいろ
　3. きいろ　　4. あお

(　) ② ________赤
　1. しろ　　2. いろ
　3. あか　　4. くろ

(　) ③ ________白
　1. じろ　　2. しろ
　3. くろ　　4. あか

(2) 填入正確單字

(　) ① アジアじんの　かみの　いろは ________です。
　1. あか　　2. あお
　3. みどり　　4. くろ

（　）② こうえんは　＿＿＿＿が　たくさん
あります。
1. みどり　　　　2. しろ
3. くろ　　　　　4. あか

（　）③ トマトの　いろは　＿＿＿＿です。
1. あお　　　　　2. あか
3. しろ　　　　　4. ちゃいろ

解答

(1) ① 4　② 3　③ 2

(2) ① 4　② 1　③ 2

（四）住
❶ 建築物

たてもの［建物］②③ 名 建築物

りっぱな　たてものです。

雄偉的建築物。

いえ［家］② 名 家（指房子）

わたしの　いえは　あのあかい　たてものです。

我家是那棟紅色建築物。

うち［家］⓪ 名 家（指家庭）

うちは　りょうしんと　あねと　わたしの
よにんかぞくです。

家裡是雙親、姊姊和我的四人家庭。

と［戸］⓪ 名 門

とを　あけます。

開門。

いりぐち［入り口］⓪ 名 入口

いりぐちは　こちらです。

入口在這邊。

でぐち [出口] ①名 出口

でぐちは　ふたつ　あります。

出口有二個。

もん [門] ①名 門

もんを　しめます。

關門。

げんかん [玄関] ①名 玄關

げんかんに　かぎを　おきます。

鑰匙放在玄關。

まど [窓] ①名 窗戶

まどを　あけましょう。

把窗戶打開吧。

だいどころ [台所] ⓪名 廚房

だいどころは　りょうりを　つくるところです。

廚房是做菜的地方。

おふろ [お風呂] ②名 浴室

おふろに　はいります。

入浴。

へや [部屋] ②名 房間

おおきい　へやが　ふたつ　あります。

有二間大房間。

おてあらい［お手洗い］③名 洗手間

おてあらいを　かります。

借洗手間。

ろうか［廊下］⓪名 走廊

がっこうの　ろうかは　ながいです。

學校的走廊很長。

かいだん［階段］⓪名 樓梯

かいだんに　きを　つけて　ください。

請小心樓梯。

アパート②名 公寓

アパートに　すんで　います。

住在公寓裡。

ドア①名 門

ドアを　あけなさい。

把門打開。

トイレ①名 廁所

トイレは　どこですか。

廁所在哪裡呢？

シャワー①名 淋浴

シャワーを　あびます。

淋浴。

エレベーター ③ 名 電梯

エレベーターに　のります。

搭電梯。

隨堂測驗

(1) 選出正確讀音

(　) ① ＿＿＿＿出ぐち

1. だぐち　　2. でぐち
3. てぐち　　4. きぐち

(　) ② ＿＿＿＿家

1. うち　　2. いち
3. はち　　4. にち

(　) ③ ＿＿＿＿玄関

1. けんかん　　2. けんがん
3. げんかん　　4. げんがん

(2) 填入正確單字

(　) ① わたしの　＿＿＿＿は　あのたてもののにかいです。

1. うち　　2. ろうか
3. いえ　　4. かいだん

(　) ② ＿＿＿＿を　あびます。

1. シャワー　　2. おふろ
3. トイレ　　4. だいどころ

（　）③ ＿＿＿＿で　にかいへ　いきます。

1. ドア　　2. もん

3. まど　　4. エレベーター

解答

(1) ① 2　② 1　③ 3

(2) ① 3　② 1　③ 4

（四）住

❷ 機關行號

みせ［店］②名 商店

かわいい　みせが　いっぱいです。

很多可愛的商店。

えいがかん［映画館］③名 電影院

えいがかんで　えいがを　みます。

在電影院看電影。

きっさてん［喫茶店］⓪名 咖啡廳

きっさてんで　あいましょう。

在咖啡廳碰面吧。

やおや［八百屋］⓪名 蔬果店

やおやの　くだものは　しんせんです。

蔬果店的水果很新鮮。

しょくどう［食堂］⓪名 食堂

がっこうの　しょくどうは　やすいです。

學校的食堂很便宜。

かいしゃ［会社］⓪名 公司

かいしゃを　やめました。

辭了工作。

びょういん［病院］ 0 名 醫院

びょういんへ　いきました。

去了醫院。

ゆうびんきょく［郵便局］ 3 名 郵局

ゆうびんきょくは　ごじまでです。

郵局到五點為止。

ぎんこう［銀行］ 0 名 銀行

ぎんこうは　くじからです。

銀行從九點開始。

こうばん［交番］ 0 名 派出所

こうばんに　おまわりさんが　います。

派出所有警察。

たいしかん［大使館］ 3 名 大使館

たいしかんの　まえで　しゃしんを　とります。

在大使館前面拍照。

レストラン 1 名 餐廳

レストランで　ごはんを　たべます。

在餐廳吃飯。

デパート 2 名 百貨公司

デパートで　ようふくを　かいます。

在百貨公司買衣服。

ホテル 1 名 飯店、旅館

ホテルに　とまります。

住飯店。

隨堂測驗

（1）選出正確讀音

（　）① ________八百屋

1. やおや　　2. いくや
3. やしお　　4. かしお

（　）② ________店

1. みち　　2. みせ
3. みかん　　4. みど

（　）③ ________病院

1. びよういん　　2. びょいん
3. びょういん　　4. びよいん

（2）填入正確單字

（　）① ________で　きってと　ふうとうを
かいます。

1. ぎんこう　　2. やおや
3. こうばん　　4. ゆうびんきょく

（　）② りょこうの　とき、________に
とまります。

1. たいしかん　　2. デパート
3. ホテル　　4. びょういん

（　）③ かいしゃの　＿＿＿＿＿で　ひるごはんを
たべました。
1. みせ　　2. かいだん
3. しょくどう　　4. トイレ

解答

(1) ① 1　② 2　③ 3
(2) ① 4　② 3　③ 3

（四）住

❸公共場所

くに［国］0 名　國家

おくには　どちらですか。

您的國籍是哪裡？

まち［町］2 名　城鎮、街道

にぎやかな　まちです。

熱鬧的城鎮。

みち［道］0 名　路

みちを　おしえます。

指引道路。

むら［村］2 名　村子

しずかな　むらです。

寂靜的村落。

こうえん［公園］0 名　公園

こうえんは　あそこです。

公園在那邊。

いけ［池］2 名　池塘

いけに　さかなが　います。

在池塘裡有魚。

にわ［庭］ 0 名 庭院

にわに　はなが　たくさん　あります。

庭院裡面有好多花。

はし［橋］ 2 名 橋樑

はしを　わたります。

過橋。

ところ［所］ 0 3 名 地方

ここは　いい　ところです。

這裡是個好地方。

かど［角］ 1 名 角落、轉角

かどを　まがって　ください。

轉角處請轉彎。

隨堂測驗

（1）選出正確讀音

（　）① ＿＿＿＿町

1. みら　　2. まち
3. みち　　4. みじ

（　）② ＿＿＿＿国

1. かに　　2. くに
3. にく　　4. きく

(　) ③ ＿＿＿所

1. こころ　　2. みどこ

3. どころ　　4. ところ

（2）填入正確單字

(　) ① その＿＿＿を　まっすぐ　いって
ください。

1. みち　　2. かど

3. いけ　　4. くに

(　) ② ＿＿＿を　さんぽします。

1. こうえん　　2. くに

3. トイレ　　4. ところ

(　) ③ ＿＿＿の　レストランは　おいしいです。

1. ところ　　2. はし

3. かど　　4. みち

解答

（1） ① 2　② 2　③ 4

（2） ① 1　② 1　③ 3

（五）行

❶交通

えき［駅］1 名 車站

えきで　あいましょう。

在車站碰面吧。

こうさてん［交差点］0 3 名 十字路口

こうさてんを　わたります。

過馬路。

くるま［車］0 名 車子

くるまで　あそびに　いきます。

開車去玩。

じどうしゃ［自動車］2 0 名 汽車

じどうしゃが　おおいです。

汽車很多。

じてんしゃ［自転車］2 0 名 腳踏車

じてんしゃで　がっこうへ　いきます。

騎腳踏車去學校。

でんしゃ［電車］0 1 名 電車

でんしゃで　かいしゃへ　いきます。

搭電車上班。

ちかてつ［地下鉄］0 名 地下鐵

ちかてつは　べんりです。

地下鐵很方便。

ひこうき［飛行機］2 名 飛機

ひこうきは　はやいです。

飛機很快。

バス 1 名 公車

バスの　ほうが　やすいです。

搭公車比較便宜。

タクシー 1 名 計程車

たいわんの　タクシーは　きいろです。

台灣的計程車是黃色。

隨堂測驗

（1）選出正確讀音

（　）① ______駅

1. みき　　2. かき
3. えき　　4. いき

（　）② ______電車

1. ちかてつ　　2. でんしゃ
3. くるま　　4. えき

（　）③ ________車

1. だるま　　2. ぐるま
3. とろま　　4. くるま

（2）填入正確單字

（　）① ________を　わたって　ください。

1. えき　　2. おてあらい
3. いえ　　4. こうさてん

（　）② ________で　でんしゃを　まちます。

1. くうこう　　2. えき
3. みなと　　4. バスてい

（　）③ ________で　にほんへ　いきます。

1. ひこうき　　2. タクシー
3. バス　　4. じてんしゃ

解答

（1） ① 3　② 2　③ 4

（2） ① 4　② 2　③ 1

（五）行

❷方向

ひがし［東］⓪ 名 東

たいようは　ひがしから　のぼります。

太陽從東方上升。

にし［西］⓪ 名 西

たいようは　にしに　しずみます。

太陽從西邊落下。

みなみ［南］⓪ 名 南

みなみに　いきましょう。

朝南走吧。

きた［北］⓪ 名 北

きたの　くには　さむいです。

北方的國家很冷。

うえ［上］⓪② 名 上

しゃしんを　テレビの　うえに　おきます。

把照片放在電視的上面。

した［下］⓪② 名 下

いすの　したに　ねこが　います。

椅子底下有隻貓。

ひだり［左］0 名 左

ひだりへ　まがりました。

左轉了。

みぎ［右］0 名 右

みぎの　てを　あげて　ください。

請舉起右手。

まえ［前］1 名 前面

えきの　まえに　きっさてんが　あります。

車站前面有間咖啡廳。

さき［先］0 名 前方、尖端

このさきに　スーパーが　あります。

前方有間超市。

うしろ［後ろ］0 名 後面

ちちの　うしろに　ははが　います。

家母在家父的後面。

あと［後］1 名 （時間方面的）以後

じゅぎょうの　あと　テストが　あります。

上課之後有考試。

なか［中］1 名 裡面

はこの　なかは　なんですか。

箱子裡面是什麼東西？

そと [外] 1 名 外面

そとに　だれが　いますか。

誰在外面嗎？

となり [隣] 0 名 隔壁

となりの　ひとは　しんせつです。

隔壁的人很親切。

よこ [横] 0 名 橫、旁邊

ゆうびんきょくの　よこは　ほんやです。

郵局的旁邊是書店。

たて [縦] 1 名 縱、直的

つくえを　たてに　ならべます。

把桌子排成直的。

そば [側] 1 名 旁邊

ぎんこうは　こうえんの　そばに　あります。

銀行在公園的旁邊。

むこう [向こう] 2 0 名 對面

やまの　むこうは　うみです。

山的對面是海。

へん [辺] 0 名 附近、這一帶

このへんに　こうえんが　あります。

這附近有公園。

ほう [方] ① 名 方向、那方面

えいごの　<u>ほう</u>が　じょうずです。

比較擅長英文。

隨堂測驗

（1）選出正確讀音

（　）① ________下
1. うえ　　2. した
3. まえ　　4. なか

（　）② ________前
1. ほえ　　2. なま
3. まえ　　4. あと

（　）③ ________右
1. みき　　2. みち
3. むち　　4. みぎ

（2）填入正確單字

（　）① はしの　________を　くるまが　はしります。
1. うえ　　2. へん
3. なか　　4. あと

（　）② うみの　________は　にほんです。
1. した　　2. なか
3. へん　　4. むこう

（　）③ かいしゃは　ぎんこうの　＿＿＿＿＿です。

1. なか　　　2. となり

3. かど　　　4. みち

解答

(1) ① 2　② 3　③ 4

(2) ① 1　② 4　③ 2

（六）娛樂

❶嗜好

うた［歌］2 名 歌

うたを　うたいます。

唱歌。

え［絵］1 名 繪畫

えを　かきます。

畫畫。

えいが［映画］0 1 名 電影

えいがを　みます。

看電影。

おんがく［音楽］1 名 音樂

おんがくを　ききます。

聽音樂。

テープ 1 名 錄音帶、膠帶

これは　にほんごの　テープです。

這是日語錄音帶。

テープレコーダー 5 名 錄音機

テープレコーダーが　こわれました。

錄音機壞掉了。

名詞

レコード [2] 名 唱片

ははは　レコードが　すきです。
家母很喜歡唱片。

ギター [1] 名 吉他

ギターを　ひきます。
彈吉他。

ラジカセ [0] 名 收錄音機

ラジカセで　にほんごを　べんきょうします。
利用收錄音機學日語。

スポーツ [2] 名 運動

スポーツを　します。
做運動。

プール [1] 名 游泳池

プールで　およぎます。
在泳池游泳。

パーティー [1] 名 派對

たんじょうびパーティーを　しましょう。
辦個生日派對吧。

隨堂測驗

(1) 選出正確讀音

( ) ① ________絵

1. ほん　　2. えい
3. えき　　4. え

( ) ② ________歌

1. えた　　2. うた
3. いた　　4. きた

( ) ③ ________音楽

1. おいがく　　2. おんかく
3. おんがく　　4. かくおん

(2) 填入正確單字

( ) ① なつの　________は　ひとが
いっぱいです。

1. プール　　2. プル
3. ブルー　　4. ブール

( ) ② ともだちと　________へ　いきました。

1. おんがく　　2. パーティー
3. ギター　　4. スポーツ

( ) ③ えいごの　________を　ききます。

1. え　　2. ギター
3. テープ　　4. テープレコーダー

解答

(1) ① 4　② 2　③ 3

(2) ① 1　② 2　③ 3

（六）娛樂

❷旅行

りょこう［旅行］ 0 名 旅行

りょこうを　します。

去旅行。

がいこく［外国］ 0 名 外國

がいこくへ　いきます。

出國。

ちず［地図］ 1 名 地圖

ちずを　みます。

看地圖。

しゃしん［写真］ 0 名 照片

しゃしんを　とります。

拍照。

カメラ 1 名 相機

カメラを　おとしました。

相機掉了。

フィルム 1 0 名 底片

フィルムが　ありません。

沒有底片。

隨堂測驗

名詞

(1) 選出正確答案

( ) ① ＿＿＿＿ちず

1.地根　　2.地歩
3.地図　　4.地面

( ) ② ＿＿＿＿写真

1. しゃじん　　2. しゃちん
3. じゃしん　　4. しゃしん

( ) ③ ＿＿＿＿外国

1. がいこく　　2. かいがい
3. かいごく　　4. がいこう

(2) 填入正確單字

( ) ① あなたの　＿＿＿＿で　しゃしんを
とって　ください。

1. プール　　2. カメラ
3. ギター　　4. フォーク

( ) ② みちが　わかりません。＿＿＿＿を
みます。

1. ちず　　2. フィルム
3. ニュース　　4. ホテル

( ) ③ ひこうきで　＿＿＿＿へ　いきます。

1. ちず　　2. まえ
3. がいこく　　4. えいが

解答

(1) ① 3　② 4　③ 1

(2) ① 2　② 1　③ 3

（六）娛樂

❸大眾媒體

しんぶん［新聞］0 名　報紙

しんぶんを　よみます。

看報紙。

ざっし［雜誌］0 名　雜誌

ざっしが　あります。

有雜誌。

テレビ 1 名　電視

テレビを　みます。

看電視。

ニュース 1 名　新聞、消息

きょうの　ニュースは　なんですか。

今天有什麼消息呢？

ラジオ 1 名　收音機

ラジオを　ききます。

聽收音機。

隨堂測驗

(1) 選出正確答案

(　) ① ______雑誌
1. さっし　　2. ざっし
3. ざっじ　　4. ざっき

(　) ② ______てれび
1. タレヒ　　2. テレビ
3. デレビ　　4. レシビ

(　) ③ ______新聞
1. ひんぶん　　2. じんぶん
3. ちんぶん　　4. しんぶん

(2) 填入正確單字

(　) ① まいあさ　______を　よみます。
1. ラジオ　　2. テレビ
3. えいが　　4. しんぶん

(　) ② ______で　おんがくを　ききます。
1. ざっし　　2. ラジオ
3. しんぶん　　4. ほん

(　) ③ あたらしい　______が　はいりました。
1. ニュース　　2. プール
3. パーティー　　4. ラジオ

解答

(1) ① 2　② 2　③ 4

(2) ① 4　② 2　③ 1

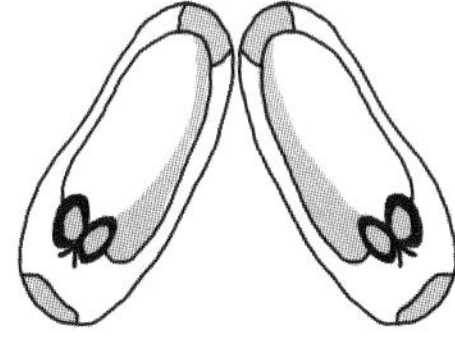

名詞

（七）環境
❶自然現象

はる［春］1 名 春天

はるが　きました。

春天來了。

なつ［夏］2 名 夏天

なつは　あついです。

夏天很熱。

あき［秋］1 名 秋天

あきは　すずしいです。

秋天很涼爽。

ふゆ［冬］2 名 冬天

ふゆは　さむいです。

冬天很冷。

てんき［天気］1 名 天氣

てんきが　いいです。

天氣很好。

はれ［晴れ］2 名 晴天

きのうは　はれでした。

昨天是晴天。

くもり［曇り］③ 名 陰天

くもりの　ひは　せんたくしません。

陰天不洗衣服。

あめ［雨］① 名 雨天

あしたは　あめです。

明天會下雨。

ゆき［雪］② 名 雪

ゆきは　しろいです。

雪是白的。

かぜ［風］⓪ 名 風

かぜが　つよいです。

風很大。

そら［空］① 名 天空

あおい　そらが　すきです。

喜歡藍藍的天空。

うみ［海］① 名 海

うみは　ひろいです。

海洋很寬廣。

やま［山］② 名 山

やまを　のぼります。

爬山。

かわ [川] ② 名 河川

かわで　あそびます。

在河邊玩。

隨堂測驗

(1) 選出正確答案

(　) ① ＿＿＿＿てんき

1. 天気　2. 電気　3. 意気　4. 心気

(　) ② ＿＿＿＿雨

1. あめ　2. まめ　3. ひめ　4. しめ

(　) ③ ＿＿＿＿空

1. あら　2. そら　3. から　4. きら

(2) 填入正確單字

(　) ① ひまな　とき　＿＿＿＿を　のぼります。

1. かぜ　2. そら　3. やま　4. うみ

(　) ② もう　＿＿＿＿ですね。これから、さむく なります。

1. ふゆ　2. ゆき　3. はれ　4. なつ

（　）③ ＿＿＿＿ですから、タクシーで
いきましょう。

1. はる　　2. かわ
3. うみ　　4. あめ

解答

(1) ① 1　② 1　③ 2

(2) ① 3　② 1　③ 4

（七）環境
❷動、植、礦物

どうぶつ [動物] 0 名 動物

どうぶつが　すきです。

喜歡動物。

いぬ [犬] 2 名 狗

いぬと　でかけます。

和狗一起外出。

ねこ [猫] 1 名 貓

ねこが　いっぴき　います。

有一隻貓。

とり [鳥] 0 名 鳥、雞

とりが　なきます。

鳥鳴。

さかな [魚] 0 名 魚

さかなが　うみを　およぎます。

魚在海中游。

き [木] 1 名 樹

きを　うえます。

種樹。

はな［花］ ②名 花

はなを　おくります。

送花。

いわ［岩］ ⓪名 岩石

いわは　かたいです。

岩石很硬。

ペット ①名 寵物

ペットを　かいます。

養寵物。

隨堂測驗

(1) 選出正確讀音

(　) ① ＿＿＿＿花

1. はな　　2. しな
3. ひな　　4. あな

(　) ② ＿＿＿＿魚

1. とり　　2. いぬ
3. ねこ　　4. さかな

(　) ③ ＿＿＿＿木

1. はな　　2. もり
3. き　　4. はやし

(2) 填入正確單字

(　) ① かわの　なかに　＿＿＿＿が　います。

1. ねこ　　2. さかな
3. いぬ　　4. とり

(　) ② まいばん　＿＿＿＿と　さんぽします。

1. さかな　　2. いわ
3. き　　4. いぬ

(　) ③ ＿＿＿＿が　ありますから、
ちゅういしなさい。

1. とり　　2. いわ
3. さかな　　4. ねこ

解答

(1) ① 1　② 4　③ 3
(2) ① 2　② 4　③ 2

（八）日常生活

❶生活

しごと [仕事] 0 名 工作

しごとは　たいへんです。

工作很辛苦。

かいもの [買い物] 0 名 購物

かいものに　いきます。

去買東西。

けっこん [結婚] 0 名 結婚

けっこんが　きまりました。

婚事已定。

おかね [お金] 0 名 錢

おかねが　ほしいです。

想要錢。

たんじょうび [誕生日] 3 名 生日

たんじょうび　おめでとう。

生日快樂。

びょうき [病気] 0 名 生病

びょうきですから、やすみます。

因為生病，所以請假。

かぜ [風邪] 0 名 感冒

かぜを　ひきました。

感冒了。

はなし [話] 3 名 話、話題

つまらない　はなしです。

無聊的談話。

はじめ [初め / 始め] 0 名 最初、開始

はじめから　やりましょう。

從頭開始吧。

つぎ [次] 2 名 下一個

つぎの　でんしゃに　のりましょう。

搭下一班電車吧。

ほか [他] 0 名 其他

ほかの　ひとに　おねがいします。

拜託其他的人。

コピー 1 名 影印

コピーを　とって　ください。

請影印。

隨堂測驗

（1）選出正確答案

（　）① ＿＿＿＿しごと

1.仕事　　2.仕途
3.仕命　　4.仕法

（　）② ＿＿＿＿びょうき

1.病院　　2.病者
3.病気　　4.病舎

（　）③ ＿＿＿＿お金

1. おがね　　2. おかね
3. おきね　　4. おはね

（2）填入正確單字

（　）① デパートへ　＿＿＿＿に　いきます。

1. びょうき　　2. かいもの
3. コピー　　4. かぜ

（　）② ＿＿＿＿を　ひきましたから、
びょういんへ　いきます。

1. ゆき　　2. しごと
3. あめ　　4. かぜ

（　）③ ＿＿＿＿　おめでとう　ございます。

1. びょういん　　2. コピー
3. けっこん　　4. かいもの

解答

(1) ① 1　② 3　③ 2

(2) ① 2　② 4　③ 3

（八）日常生活

❷日用品

かぎ [鍵] 2 名　鑰匙

かぎを　かけました。

上鎖了。

かさ [傘] 1 名　雨傘

かさを　さします。

撐傘。

かばん [鞄] 0 名　皮包、袋子

かばんを　もちます。

拿著袋子。

かびん [花瓶] 0 名　花瓶

かびんを　おきます。

放置花瓶。

きっぷ [切符] 0 名　票

きっぷを　かいます。

買票。

さいふ [財布] 0 名　錢包

さいふを　おとしました。

錢包掉了。

せっけん [石鹸] 0 名 肥皂

せっけんで　あらいます。

用肥皂清洗。

とけい [時計] 0 名 鐘

あれは　どこの　とけいですか。

那是哪裡生產的鐘？

もの [物] 2 名 東西

ものを　たくさん　かいました。

買了很多東西。

めがね [眼鏡] 1 名 眼鏡

めがねを　かけます。

戴眼鏡。

カレンダー 2 名 月曆

カレンダーを　かいました。

買了月曆。

ハンカチ 0 名 手帕

ハンカチを　わすれました。

把手帕忘了。

マッチ 1 名 火柴

マッチが　ありますか。

有火柴嗎？

隨堂測驗

(1) 選出正確讀音

(　) ① ________切符

1. きっぷ　　2. きって
3. きっく　　4. けっけ

(　) ② ________鞄

1. かばん　　2. かぼん
3. かめん　　4. かひん

(　) ③ ________傘

1. あさ　　2. かさ
3. けさ　　4. よさ

(2) 填入正確單字

(　) ① でかけるまえに　________を　かけて
ください。

1. マッチ　　2. せっけん
3. きっぷ　　4. かぎ

(　) ② タバコに　________で　ひを　つけます。

1. ハンカチ　　2. フォーク
3. マッチ　　4. ズボン

(　) ③ ________が　なくて　なにも
かえませんでした。

1. マッチ　　2. しお
3. さいふ　　4. せっけん

解答

(1) ① 1　② 1　③ 2

(2) ① 4　② 3　③ 3

（八）日常生活

❸ 傢俱、電器

いす［椅子］⓪ 名　椅子

いすは　こちらです。

椅子在這邊。

つくえ［机］⓪ 名　書桌

つくえの　うえに　ほんが　あります。

書桌上有書。

でんき［電気］① 名　電燈

でんきを　つけましょう。

開燈吧。

でんわ［電話］⓪ 名　電話

でんわを　かけます。

打電話。

れいぞうこ［冷蔵庫］③ 名　冰箱

れいぞうこは　おおきいです。

冰箱很大台。

ストーブ② 名　暖爐

ストーブを　つかいます。

使用暖爐。

テーブル 0 名 桌子

テーブルの　したに　ねこが　います。

桌子底下有貓。

ベッド 1 名 床

ベッドの　うえに　おきます。

放在床上。

隨堂測驗

(1) 選出正確答案

(　) ① ＿＿＿＿でんわ

1.電車　　2.電池

3.電話　　4.電気

(　) ② ＿＿＿＿机

1. いす　　2. いくつ

3. つくえ　　4. き

(　) ③ ＿＿＿＿電気

1. でんき　　2. でんわ

3. でんち　　4. でんしゃ

(2) 填入正確單字

(　) ① ねますから、＿＿＿＿を　けしましょう。

1. つくえ　　2. でんき

3. でんわ　　4. いす

（　）② ＿＿＿＿の　うえで　ねなさい。

1. テーブル　　2. ベッド
3. つくえ　　4. いす

（　）③ たべものを　＿＿＿＿に　いれて　ください。

1. つくえ　　2. でんわ
3. でんき　　4. れいぞうこ

解答

(1) ① 3　② 3　③ 1

(2) ① 2　② 2　③ 4

（八）日常生活

❹郵局

きって［切手］ ⓪ 名　郵票

きってを　はります。

貼郵票。

はがき［葉書］ ⓪ 名　明信片

はがきを　かきます。

寫明信片。

てがみ［手紙］ ⓪ 名　信

てがみを　もらいました。

收到信了。

ふうとう［封筒］ ⓪ 名　信封

ふうとうを　にまい　ください。

請給我二個信封。

はこ［箱］ ⓪ 名　箱子、盒子

はこに　いれて　ください。

請放進盒子裡。

にもつ［荷物］ ① 名　行李

にもつを　おくりました。

行李寄出去了。

ばんごう [番号] 3 名 號碼

ばんごうを　おしえて　ください。

請告訴我號碼。

ポスト 1 名 郵筒

ポストは　あかいです。

郵筒是紅色的。

隨堂測驗

(1) 選出正確答案

(　) ① ______箱

1. かこ　　2. はこ
3. たこ　　4. せこ

(　) ② ______てがみ

1. 手洗　　2. 手書
3. 手紙　　4. 手取

(　) ③ ______番号

1. はんこう　　2. ばんご
3. はんこ　　4. ばんごう

(2) 填入正確單字

(　) ① ゆうびんきょくで　______を　かいます。

1. ふく　　2. きって
3. やさい　　4. ほん

（　）② りょこうの　＿＿＿＿を　じゅんびします。
1. にもつ　2. てがみ
3. はがき　4. ふうとう

（　）③ あなたの　でんわ＿＿＿＿は
なんばんですか。
1. ばんごう　2. でんき
3. はこ　4. はんごう

解答

(1) ① 2　② 3　③ 4
(2) ① 2　② 1　③ 1

（九）學校

❶設施

がっこう［学校］ 0 名 學校

がっこうへ　いきます。

上學。

だいがく［大学］ 0 名 大學

だいがくを　そつぎょうしました。

大學畢業了。

きょうしつ［教室］ 0 名 教室

きょうしつは　にかいです。

教室在二樓。

としょかん［図書館］ 2 名 圖書館

としょかんで　べんきょうします。

在圖書館唸書。

ほんだな［本棚］ 1 名 書架

ほんだなの　にだんめに　あります。

在書架的第二層。

クラス 1 名 班級、等級

クラスの　じゅぎょうは　ごじまでです。

班上的課到五點為止。

隨堂測驗

(1) 選出正確讀音

(　) ① ________学校

1. がっこう　　2. だいがく
3. がこう　　4. こうこう

(　) ② ________本棚

1. ほんたん　　2. だんす
3. ほんだな　　4. ほんだん

(　) ③ ________図書館

1. どしょかん　　2. としょうかん
3. ずしょかん　　4. としょかん

(2) 填入正確單字

(　) ① ________で　よねんかん
べんきょうしました。

1. あき　　2. だいがく
3. ほんだな　　4. けさ

(　) ② となりの　________は　さんじゅうにん
います。

1. グラス　　2. ほんだな
3. いす　　4. クラス

(　) ③ いっしょに　________で
べんきょうしましょう。

1. ほんだな　　2. ポスト
3. としょかん　　4. えいがかん

解答

(1) ① 1　② 3　③ 4

(2) ① 2　② 4　③ 3

（九）學校

❷課業

じゅぎょう［授業］ 1 名 上課

じゅぎょうは　なんじからですか。

幾點開始上課呢？

べんきょう［勉強］ 0 名 學習、用功

べんきょうが　にがてです。

不太會唸書。

えいご［英語］ 0 名 英語

えいごが　へたです。

不擅英語。

ひらがな［平仮名］ 3 名 平假名

ひらがなを　ならいます。

學習平假名。

かたかな［片仮名］ 3 名 片假名

かたかなが　かけません。

不會寫片假名。

かんじ［漢字］ 0 名 漢字

かんじが　よめます。

會唸漢字。

ことば [言葉] 3 名 語言、話

ことばが　でません。

說不出話。

いみ [意味] 1 名 意思、意義

いみが　ありません。

沒有意義。

ぶんしょう [文章] 1 名 文章

ぶんしょうの　いみが　わかりません。

看不懂文章的意思。

さくぶん [作文] 0 名 作文

さくぶんを　かきます。

寫作文。

しゅくだい [宿題] 0 名 作業

しゅくだいを　します。

做作業。

れんしゅう [練習] 0 名 練習

ピアノの　れんしゅうを　します。

練習彈鋼琴。

しつもん [質問] 0 名 疑問、提問

しつもんが　ありますか。

有疑問嗎？

もんだい [問題] 0 名 問題

もんだいを　だします。

提出問題。

やすみ [休み] 3 名 休息、休假

にちようびは　やすみです。

星期天休假。

なつやすみ [夏休み] 3 名 暑假

なつやすみは　ながいです。

暑假很長。

テスト 1 名 測驗

テストが　きらいです。

討厭測驗。

隨堂測驗

(1) 選出正確讀音

(　) ① ＿＿＿＿英語

1. えいこ　　2. えいご
3. えこ　　4. いちご

(　) ② ＿＿＿＿休み

1. やすみ　　2. きゅうみ
3. さんみ　　4. しゅみ

(　) ③ ＿＿＿＿宿題
1. じゅくだい　　2. しょくだい
3. しゅくたい　　4. しゅくだい

(2) 填入正確單字

(　) ① ＿＿＿＿が　ありますから、よるまで べんきょうします。
1. ペット　　2. グラス
3. デパート　　4. テスト

(　) ② にほんの　＿＿＿＿が　はなせますか。
1. かたかな　　2. かんじ
3. ことば　　4. やすみ

(　) ③ しゅくだいは　＿＿＿＿です。
1. ぶんしょう　　2. さくぶん
3. いみ　　4. いわ

解答

(1) ① 2　② 1　③ 4
(2) ① 4　② 3　③ 2

（九）學校
❸文具

えんぴつ [鉛筆] 0 名 鉛筆

これは　えんぴつです。

這是鉛筆。

まんねんひつ [万年筆] 3 名 鋼筆

それは　まんねんひつです。

那是鋼筆。

かみ [紙] 2 名 紙

かみを　きります。

裁紙。

ほん [本] 1 名 書

ほんを　よみます。

看書。

じしょ [辞書] 1 名 辭典

それは　なんの　じしょですか。

那是什麼辭典呢？

じびき [字引] 3 名 字典

じびきを　ひきます。

查字典。

ペン 1 名 鋼筆

ペンを　かります。

借鋼筆。

ボールペン 0 名 原子筆

ボールペンを　さんぼん　かいました。

買了三支原子筆。

ノート 1 名 筆記本

ノートに　かいて　ください。

請寫在筆記本上。

ページ 0 名 頁數

いまの　ところは　なんページですか。

現在是在第幾頁呢？

隨堂測驗

(1) 選出正確讀音

(　) ① ＿＿＿＿本

1. まん　　2. はん

3. ほん　　4. ろん

(　) ② ＿＿＿＿辞書

1. じじょう　　2. じいじょ

3. ししょ　　4. じしょ

(　) ③ ________鉛筆

1. えんびつ　　2. えんぴつ
3. えんぶつ　　4. えんひつ

(2) 填入正確單字

(　) ① なまえを　________で　かみに　かきなさい。

1. ほん　　2. ページ
3. ボールペン　　4. じびき

(　) ② いみが　わかりませんから、________を　ひきます。

1. じびき　　2. えいご
3. つくえ　　4. まんねんひつ

(　) ③ ________が　なんまい　ありますか。

1. ペン　　2. じしょ
3. かみ　　4. ノート

解答

(1) ① 3　② 4　③ 2

(2) ① 3　② 1　③ 3

（十）數字

❶ 數字

ゼロ 1 名 零

ゼロから　じゅうまで　かぞえます。

從零數到十。

れい 1 名 零

こたえは　れいてんはちさんです。

答案是零點八三。

いち [一] 2 名 一

いちばんは　だれですか。

一號是哪位？

に [二] 1 名 二

うしが　にとう　います。

有二頭牛。

さん [三] 0 名 三

さんにんで　いきます。

三個人去。

し / よん [四] 1/1 名 四

きってを　よんまい　ください。

請給我四張郵票。

ご [五] ① 名 五

じてんしゃが　ごだい　あります。

有五台腳踏車。

ろく [六] ② 名 六

ろくごうしつの　たなかです。

我是六號房的田中。

しち / なな [七] ②/① 名 七

しちねんめに　なりました。

已經第七年了。

はち [八] ② 名 八

はちじかん　かかります。

花費八個小時。

きゅう / く [九] ①/① 名 九

はなが　きゅうほん　さいて　います。

九朵花正開著。

じゅう [十] ① 名 十

じゅうえん　あります。

有十日圓。

ひゃく［百］2 名 百

ぜんぶで　ひゃくえんです。

總共一百日圓。

重點整理

ひゃく 百	にひゃく 二百	さんびゃく 三百
よんひゃく 四百	ごひゃく 五百	ろっぴゃく 六百
ななひゃく 七百	はっぴゃく 八百	きゅうひゃく 九百

せん［千］1 名 千

せんえんさつが　いちまい　あります。

有一張一千日圓的鈔票。

重點整理

せん 千	にせん 二千	さんぜん 三千
よんせん 四千	ごせん 五千	ろくせん 六千
ななせん 七千	はっせん 八千	きゅうせん 九千

まん [万] ① 名 萬

いちまんえん　ください。

請給我一萬日圓。

重點整理

いちまん 一万	にまん 二万	さんまん 三万
よんまん 四万	ごまん 五万	ろくまん 六万
ななまん 七万	はちまん 八万	きゅうまん 九万

隨堂測驗

(1) 選出正確答案

(　) ① ＿＿＿＿七

1. しな　　2. なな
3. はな　　4. りな

(　) ② ＿＿＿＿百

1. ちゃく　　2. ひゃく
3. きゃく　　4. しゃく

(　) ③ ＿＿＿＿まん

1. 千　　2. 半
3. 方　　4. 万

(2) 填入正確單字

( ) ① ______ ＋ さん ＝ なな

1. おん　　2. じん
3. しん　　4. よん

( ) ② じゅう － いち ＝ ______

1. さん　　2. に
3. きゅう　　4. じゅう

( ) ③ だいこんは　さんぼん　______えんです。

1. ひゃく　　2. ぜん
3. しゅう　　4. きゃく

解答

(1) ① 2　② 2　③ 4

(2) ① 4　② 3　③ 1

（十）數字
❷量詞

ひとり［一人］2 名 一個人

ひとりで　としょかんへ　いきます。

一個人去圖書館。

ふたり［二人］3 名 二個人

いつも　ふたりで　いたいです。

希望二個人常相隨。

はたち［二十歳］1 名 二十歲

はたちに　なりました。

二十歲了。

いちばん［一番］2 名 第一、最好

いちばんは　たなかさんです。

第一名是田中同學。

ぜんぶ［全部］1 名 全部

ぜんぶで　せんえんです。

全部一千日圓。

はんぶん［半分］3 名 一半

はんぶんに　して　ください。

請分一半。

おおぜい [大勢] ③ 名 人數眾多

がくせいが　<u>おおぜい</u>　います。

學生很多。

ひとつ [一つ] ② 名 一個

みかんを　<u>ひとつ</u>　たべました。

吃了一個橘子。

重點整理

ひとつ 一つ	ふたつ 二つ	みっつ 三つ
よっつ 四つ	いつつ 五つ	むっつ 六つ
ななつ 七つ	やっつ 八つ	ここのつ 九つ
とお 十	いくつ 幾つ	

隨堂測驗

(1) 選出正確答案

(　) ① ＿＿＿＿ふたり

1.一人　　2.二人

3.三人　　4.四人

(　) ② ＿＿＿＿はんぶん

1.半身　　2.反対

3.半額　　4.半分

(　) ③ ________とお
1.十　　2.八
3.六　　4.二

（2）填入正確單字

(　) ① ________に　なったら、もう　おとなです。
1. はっき　　2. こども
3. はがき　　4. はたち

(　) ② ________で　いくらですか。
1. せんふ　　2. ぜぶ
3. ぜんぶ　　4. ぜぶん

(　) ③ このテストは　りんさんが　________です。
1. ぜんぶ　　2. いちばん
3. はんぶん　　4. やっつ

解答

（1） ① 2　② 4　③ 1

（2） ① 4　② 3　③ 2

（十）數字

❸單位

～ばん［～番］名　～號

さん<u>ばん</u>せんの　でんしゃに　のります。

搭三號線的電車。

重點整理

いちばん 一番	にばん 二番	さんばん 三番
よんばん 四番	ごばん 五番	ろくばん 六番
ななばん 七番	はちばん 八番	きゅうばん 九番
じゅうばん 十番	なんばん 何番	

～まい［～枚］名（薄或扁平的東西的）～張、件

きってを　にまい　ください。

請給我二張郵票。

重點整理

いちまい 一枚	にまい 二枚	さんまい 三枚
よんまい 四枚	ごまい 五枚	ろくまい 六枚
ななまい 七枚	はちまい 八枚	きゅうまい 九枚
じゅうまい 十枚	なんまい 何枚	

～だい［～台］名（機器和車輛的）～台

じてんしゃが　いちだい　あります。

有一台腳踏車。

重點整理

いちだい 一台	にだい 二台	さんだい 三台
よんだい 四台	ごだい 五台	ろくだい 六台
ななだい 七台	はちだい 八台	きゅうだい 九台
じゅうだい 十台	なんだい 何台	

～さい [～歳] 名 ～歲

いもうとは　はっさいです。

妹妹八歲。

重點整理

いっさい 一歲	にさい 二歲	さんさい 三歲
よんさい 四歲	ごさい 五歲	ろくさい 六歲
ななさい 七歲	はっさい 八歲	きゅうさい 九歲
じゅっさい、 じっさい 十歲	なんさい 何歲	

～にん [～人] 名 ～個人

クラスには　にじゅうにん　います。

班上有二十個人。

重點整理

ひとり 一人	ふたり 二人	さんにん 三人
よにん 四人	ごにん 五人	ろくにん 六人
ななにん、 しちにん 七人	はちにん 八人	きゅうにん 九人
じゅうにん 十人	なんにん 何人	

～さつ [～冊] 名 （書和筆記本的）～本

ほんを　よんさつ　かりました。

借了四本書。

重點整理

いっさつ 一冊	にさつ 二冊	さんさつ 三冊
よんさつ 四冊	ごさつ 五冊	ろくさつ 六冊
ななさつ 七冊	はっさつ 八冊	きゅうさつ 九冊
じゅっさつ、 じっさつ 十冊	なんさつ 何冊	

～ど [～度] 名 ～次

もう　いちど　かきなさい。

再寫一次。

重點整理

いちど 一度	にど 二度	さんど 三度
よんど 四度	ごど 五度	ろくど 六度
ななど 七度	はちど 八度	きゅうど 九度
じゅうど 十度	なんど 何度	

～かい [～回] 名 ～回

しゅうに　さんかい　きます。

一個禮拜來三次。

重點整理

いっかい 一回	にかい 二回	さんかい 三回
よんかい 四回	ごかい 五回	ろっかい 六回
ななかい 七回	はっかい 八回	きゅうかい 九回
じゅっかい、 じっかい 十回	なんかい 何回	

～かい / がい [～階] 名 ～樓

うりばは　ちかいっかいです。

賣場在地下一樓。

重點整理

いっかい 一階	にかい 二階	さんがい 三階
よんかい 四階	ごかい 五階	ろっかい 六階
ななかい 七階	はっかい 八階	きゅうかい 九階
じゅっかい、 じっかい 十階	なんがい 何階	

～こ［～個］名 ～個

りんごが　ごこ　あります。

有五個蘋果。

重點整理

いっこ 一個	にこ 二個	さんこ 三個
よんこ 四個	ごこ 五個	ろっこ 六個
ななこ 七個	はっこ 八個	きゅうこ 九個
じゅっこ、 じっこ 十個	なんこ 何個	

～えん［～円］名 ～日圓

ひとつ　はっぴゃくえんです。

一個八百日圓。

重點整理

いちえん 一円	にえん 二円	さんえん 三円
よえん 四円	ごえん 五円	ろくえん 六円
しちえん、 ななえん 七円	はちえん 八円	きゅうえん 九円
じゅうえん 十円	なんえん 何円	

～ほん / ぽん / ぼん [～本]

名 （尖而長的東西的）～枝、瓶

えんぴつを　さんぼん　かいます。

買三枝鉛筆。

重點整理

いっぽん 一本	にほん 二本	さんぼん 三本
よんほん 四本	ごほん 五本	ろっぽん 六本
ななほん 七本	はっぽん 八本	きゅうほん 九本
じゅっぽん、 じっぽん 十本	なんぼん 何本	

～はい / ぱい / ばい [～杯] 名 ～杯

コーヒーを　もう　いっぱい　いかがですか。

再來一杯咖啡嗎？

重點整理

いっぱい 一杯	にはい 二杯	さんばい 三杯
よんはい 四杯	ごはい 五杯	ろっぱい 六杯
ななはい 七杯	はっぱい 八杯	きゅうはい 九杯
じゅっぱい、 じっぱい 十杯	なんばい 何杯	

～ひき / ぴき / びき [～匹]

名 （小動物、魚和昆蟲的）～隻

こうえんに　いぬが　いっぴき　います。

公園裡有一隻狗。

重點整理

いっぴき 一匹	にひき 二匹	さんびき 三匹
よんひき 四匹	ごひき 五匹	ろっぴき 六匹
ななひき 七匹	はっぴき 八匹	きゅうひき 九匹
じゅっぴき、 じっぴき 十匹	なんびき 何匹	

～キログラム 名 ～公斤

ぜんぶで　いちキログラムです。

總共是一公斤。

～メートル 名 ～公尺

がっこうまでは　にひゃくメートルです。

到學校為止二百公尺。

～キロメートル 名 ～公里

まいにち　さんキロメートル　はしります。

每天跑三公里。

名詞

隨堂測驗

(1) 選出正確答案

(　) ① ＿＿＿＿よにん

1. 五人　　2. 二人
3. 四人　　4. 一人

(　) ② ＿＿＿＿いちど

1. 一度　　2. 一回
3. 一階　　4. 一次

(　) ③ ＿＿＿＿さんだい

1. 三冊　　2. 三匹
3. 三枚　　4. 三台

(2) 填入正確單字

(　) ① ほんだなに　ほんを　＿＿＿＿　おきます。

1. ひとり　　2. よんさつ
3. にはい　　4. さんぼん

(　) ② ゆうびんきょくで　ふうとうを　＿＿＿＿
かいました。

1. にさつ　　2. にだい
3. にほん　　4. にまい

(　) ③ うちは　そのたてものの　＿＿＿＿に
あります。

1. さんこ　　2. さんさい
3. さんがい　　4. さんかい

解答

（1）① 3　② 1　③ 4

（2）① 2　② 4　③ 3

（十一）時間

❶時間

～じ［～時］名 ～點

しちじに　おきます。

七點起床。

重點整理

いちじ 一時	にじ 二時	さんじ 三時
よじ 四時	ごじ 五時	ろくじ 六時
しちじ 七時	はちじ 八時	くじ 九時
じゅうじ 十時	じゅういちじ 十一時	じゅうにじ 十二時
なんじ 何時		

～ふん / ぷん [～分] 名 ～分

ぎんこうは　さんじさんじゅっぷんまでです。

銀行是到三點三十分為止。

重點整理

いっぷん 一分	にふん 二分	さんぷん 三分
よんぷん 四分	ごふん 五分	ろっぷん 六分
しちふん、 ななふん 七分	はっぷん 八分	きゅうふん 九分
じゅっぷん、 じっぷん 十分	じゅうごふん 十五分	さんじゅっぷん、 さんじっぷん 三十分
なんぷん 何分		

はん [半] 1 名 半小時

ひるやすみは　じゅうにじはんからです。

午休從十二點半開始。

～がつ［～月］名　～月

さんがつに　おはなみを　しましょう。

三月的時候一起賞花吧。

重點整理

いちがつ 一月	にがつ 二月	さんがつ 三月
しがつ 四月	ごがつ 五月	ろくがつ 六月
しちがつ 七月	はちがつ 八月	くがつ 九月
じゅうがつ 十月	じゅういちがつ 十一月	じゅうにがつ 十二月
なんがつ 何月		

ついたち［一日］4 名　一日

いちがつついたちは　としの　はじめです。

一月一日是一年的開始。

重點整理

ついたち 一日	ふつか 二日	みっか 三日
よっか 四日	いつか 五日	むいか 六日
なのか 七日	ようか 八日	ここのか 九日
とおか 十日	はつか 二十日	なんにち 何日

～にち [～日] 名 ～號

たんじょうびは　さんがつじゅうはちにちです。

生日是三月十八日。

重點整理

じゅういちにち 十一日	じゅうににち 十二日	じゅうさんにち 十三日
じゅうよっか 十四日	じゅうごにち 十五日	じゅうろくにち 十六日
じゅうしちにち 十七日	じゅうはちにち 十八日	じゅうくにち 十九日
にじゅういちにち 二十一日	にじゅうににち 二十二日	にじゅうさんにち 二十三日
にじゅうよっか 二十四日	にじゅうごにち 二十五日	にじゅうろくにち 二十六日
にじゅうしちにち 二十七日	にじゅうはちにち 二十八日	にじゅうくにち 二十九日
さんじゅうにち 三十日	さんじゅういち にち 三十一日	なんにち 何日

にちようび [日曜日] 3 名 星期日

にちようびに　やまのぼりを　します。

星期日去爬山。

げつようび [月曜日] 3 名 星期一

げつようびに　えいがかんへ　いきます。

星期一去電影院。

かようび [火曜日] ② 名 星期二

かようびに　としょかんへ　いきます。

星期二去圖書館。

すいようび [水曜日] ③ 名 星期三

すいようびに　にほんごを　べんきょうします。

星期三學習日文。

もくようび [木曜日] ③ 名 星期四

もくようびに　ゆうびんきょくへ　いきます。

星期四去郵局。

きんようび [金曜日] ③ 名 星期五

きんようびに　しごとが　おわります。

工作在星期五結束。

どようび [土曜日] ② 名 星期六

どようびに　ともだちに　あいます。

星期六要和朋友見面。

隨堂測驗

(1) 選出正確答案

(　) ① ________きんようび

1.水曜日　　2.土曜日
3.金曜日　　4.木曜日

(　) ② ＿＿＿＿はん
1.午　2.土
3.羊　4.半

(　) ③ ＿＿＿＿はつか
1.十日　2.二十日
3.四日　4.八日

(2) 填入正確單字

(　) ① たんじょうびは　ごがつ＿＿＿＿です。
1. じゅうきゅうにち　2. じゅうきゅうか
3. じゅうくにち　4. じゅうくか

(　) ② としの　はじめは　＿＿＿＿です。
1. いちがつ　2. ろくがつ
3. くがつ　4. しがつ

(　) ③ ぎんこうは　＿＿＿＿からです。
1. きじ　2. くじ
3. にち　4. がつ

解答

(1) ① 3　② 4　③ 2
(2) ① 3　② 1　③ 2

（十一）時間

❷時候

おととい［一昨日］③ 名 前天

おとといは　やすみでした。

前天休假。

きのう［昨日］② 名 昨天

きのう　ぎんこうへ　いきました。

昨天去了銀行。

きょう［今日］① 名 今天

きょうは　にちようびです。

今天是星期天。

あした［明日］③ 名 明天

あしたは　テストの　ひです。

明天是考試的日子。

あさって［明後日］② 名 後天

あさって　にほんに　いきます。

後天去日本。

まいにち［毎日］① 名 每天

まいにち　はたらきます。

每天工作。

まいつき / まいげつ [毎月] 0/1 名 每月

<u>まいつき</u>　ははに　でんわを　かけます。

每個月打電話給媽媽。

重點整理

まいあさ 毎朝	まいばん 毎晩	まいしゅう 毎週
まいつき、 まいげつ 毎月	まいとし、 まいねん 毎年	

ごぜん [午前] 1 名 上午

<u>ごぜん</u>　しちじに　おきます。

早上七點起床。

ごご [午後] 1 名 下午

<u>ごご</u>　ぎんこうへ　いきました。

下午去了銀行。

あさ [朝] 1 名 早上

まい<u>あさ</u>　なんじに　おきますか。

每天早上幾點起床呢？

けさ [今朝] 1 名 今天早上

<u>けさ</u>　パンを　たべました。

今天早上吃了麵包。

こんばん [今晩] 1 名 今天晚上

こんばん　いっしょに　べんきょうしませんか。

今天晚上一起唸書嗎？

ばん [晩] 0 名 晚上（須和其他字連用）

ばんごはんが　できました。

晚餐煮好了。

重點整理

おとといの　あさ 一昨日の　朝	きのうの　あさ 昨日の　朝	けさ 今朝
あしたの　あさ 明日の　朝	あさっての　あさ 明後日の　朝	
おとといの　ばん 一昨日の　晩	きのうの　ばん、 昨日の　晩、 ゆうべ 昨夜	こんばん 今晩
あしたの　ばん 明日の　晩	あさっての　ばん 明後日の　晩	

ひる [昼] 2 名 中午

ひるは　しょくどうで　たべました。

中午在食堂吃了。

よる [夜] 1 名 晚上

よるの　じゅぎょうは　なんじからですか。

晚上的課，幾點開始呢？

ゆうがた［夕方］ 0 名 傍晚

ゆうがたまで　れんしゅうします。

練習到傍晚。

ゆうべ［昨夜］ 3 名 昨晚

ゆうべは　あめでした。

昨晚下了雨。

こんしゅう［今週］ 0 名 這星期

こんしゅう　テストが　あります。

這星期有考試。

重點整理

せんせんしゅう 先々週	せんしゅう 先週	こんしゅう 今週
らいしゅう 来週	さらいしゅう 再来週	

こんげつ［今月］ 0 名 這個月

こんげつ　りょこうに　いきます。

這個月去旅行。

重點整理

せんせんげつ 先々月	せんげつ 先月	こんげつ 今月
らいげつ 来月	さらいげつ 再来月	

とし [年] ② 名 年

とし を　とりました。

變老了。

ことし [今年] ⓪ 名 今年

ことし　はたちに　なります。

今年滿二十歲。

重點整理

おととし 一昨年	きょねん 去年	ことし 今年
らいねん 来年	さらいねん 再来年	

いま [今] ① 名 現在

いま　なんじ　ですか。

現在幾點呢？

とき [時] ① 名 時候

ひまな　とき　なにを　しますか。

閒暇時做些什麼呢？

ころ [頃] ① 名 時候

そのころ　にほんに　いました。

那時候在日本。

隨堂測驗

(1) 選出正確讀音

(　) ① ________毎月
1. まいがつ　　2. まいつき
3. まいづき　　4. まいけつ

(　) ② ________昨夜
1. ゆうがた　　2. まいばん
3. ゆうべ　　4. なべ

(　) ③ ________今日
1. きょう　　2. あした
3. おととい　　4. あさって

(2) 填入正確單字

(　) ① ________は　にちようびで、きょうは げつようびです。
1. あさって　　2. おととい
3. あした　　4. きのう

(　) ② ________　しんぶんを　よみます。
1. けさ　　2. おととい
3. ゆうべ　　4. まいあさ

(　) ③ ________　にほんへ　いきました。
1. らいげつ　　2. せんしゅう
3. らいねん　　4. あした

解答

(1) ① 2　② 3　③ 1

(2) ① 4　② 4　③ 2

（十一）時間

❸期間

～じかん［～時間］ 名 ～個小時

くるまで　さんじかん　かかりました。

開車花了三個小時。

重點整理

いちじかん 一時間	にじかん 二時間	さんじかん 三時間
よじかん 四時間	ごじかん 五時間	ろくじかん 六時間
ななじかん、 しちじかん 七時間	はちじかん 八時間	くじかん 九時間
じゅうじかん 十時間	なんじかん 何時間	

～ふん / ぷん [～分] 名 ～分鐘

あるいて　じゅっぷんです。

走路十分鐘。

重點整理

いっぷん 一分	にふん 二分	さんぷん 三分
よんぷん 四分	ごふん 五分	ろっぷん 六分
ななふん、 しちふん 七分	はっぷん 八分	きゅうふん 九分
じゅっぷん、 じっぷん 十分	なんぷん 何分	

いちにち [一日] 4 名 一天

そくたつは　いちにちで　つきます。

限時專送，一天抵達。

重點整理

いちにち 一日	ふつか 二日	みっか 三日
よっか 四日	いつか 五日	むいか 六日
なのか 七日	ようか 八日	ここのか 九日
とおか 十日	なんにち 何日	

～しゅうかん［～週間］名　～個星期

いっしゅうかんに　いっかい　かいものします。

一個星期買一次東西。

重點整理

いっしゅうかん 一週間	にしゅうかん 二週間	さんしゅうかん 三週間
よんしゅうかん 四週間	ごしゅうかん 五週間	ろくしゅうかん 六週間
ななしゅうかん、 しちしゅうかん 七週間	はっしゅうかん 八週間	きゅうしゅうかん 九週間
じゅっしゅうかん、 じっしゅうかん 十週間	なんしゅうかん 何週間	

ひとつき［一月］②名　一個月

ひとつきまえ　びょういんへ　いきました。

一個月前去過醫院。

～かげつ［～か月］名 ～個月

なつやすみは　にかげつです。

暑假是二個月。

重點整理

いっかげつ 一か月	にかげつ 二か月	さんかげつ 三か月
よんかげつ 四か月	ごかげつ 五か月	ろっかげつ、 はんとし 六か月、半年
ななかげつ、 しちかげつ 七か月	はちかげつ、 はっかげつ 八か月	きゅうかげつ 九か月
じゅっかげつ、 じっかげつ 十か月	なんかげつ 何か月	

～ねん［～年］名 ～年

がいこくに　いちねん　いました。

在國外待了一年。

重點整理

いちねん 一年	にねん 二年	さんねん 三年
よねん 四年	ごねん 五年	ろくねん 六年
ななねん、 しちねん 七年	はちねん 八年	きゅうねん、 くねん 九年
じゅうねん 十年	なんねん 何年	

隨堂測驗

（1）選出正確讀音

（　）① ________二か月

1. にかげつ　　2. にかつき
3. にかづき　　4. にかがつ

（　）② ________四年

1. しねん　　2. よんねん
3. よねん　　4. しんねん

（　）③ ________五週間

1. ごねんかん　　2. ごかげつ
3. ごしゅうかん　　4. ここのか

(2) 填入正確單字

(　) ① がっこうは　しゅうに ______ いきます。

1. ごねん　　2. いつか
3. ごかげつ　　4. とおか

(　) ② うちから　えきまで　あるいて ______ ぐらいです。

1. じゅうふん　　2. じゅうぶん
3. じゅふん　　4. じゅっぷん

(　) ③ このけんしゅうは ______ で、ちょうど はんとしです。

1. ろくねん　　2. むいか
3. さんしゅうかん　　4. ろっかげつ

解答

(1) ① 1　② 3　③ 3
(2) ① 2　② 4　③ 4

二

形容詞

形容詞也是答題的一大關鍵，因為形容詞通常被用來表達某人對於一件事物的評價、感覺和看法，也因此，要知曉一段文字或對話中的句意，十分仰賴對於形容詞是否掌握得宜。將常用的形容詞記住，就能輕鬆掌握住文句的中心概念！

（一）イ形容詞

❶形狀

おおきい［大きい］③ イ形 大的

せんせいの　いえは　おおきいです。

老師的家很大。

ちいさい［小さい］③ イ形 小的

こいぬは　ちいさいです。

小狗很小。

ながい［長い］② イ形 長的

かれは　あしが　ながいです。

他的腳很長。

みじかい［短い］③ イ形 短的

かのじょの　スカートは　みじかいです。

她的裙子很短。

たかい［高い］② イ形 高的

ふじさんは　とても　たかいです。

富士山非常高。

ひくい［低い］② イ形 矮的

むすこは　せが　ひくいです。

兒子很矮。

ひろい [広い] 2 イ形 寬廣的

にわは　とても　ひろいです。

庭院非常寬廣。

せまい [狭い] 2 イ形 狹窄的

このみちは　せまいです。

這條路很窄。

まるい [丸い] 0 2 イ形 圓的

ボールは　まるいです。

球是圓的。

ふとい [太い] 2 イ形 胖的、粗的

ぞうの　あしは　ふといです。

大象的腳很粗。

ほそい [細い] 2 イ形 瘦的、細的

とりの　あしは　ほそいです。

鳥的腳很細。

あつい [厚い] 0 イ形 厚的

じしょは　あついです。

字典很厚。

うすい [薄い] 0 イ形 薄的

ノートは　うすいです。

筆記本很薄。

隨堂測驗

（1）選出正確答案

（　）① ________ひろい
1.広い　　2.応い
3.庁い　　4.丁い

（　）② ________ながい
1.車い　　2.真い
3.高い　　4.長い

（　）③ ________おおきい
1.久きい　　2.大きい
3.夕きい　　4.名きい

（2）填入正確單字

（　）① にほんの　カメラは　________です。
1. あつい　　2. ひろい
3. くらい　　4. たかい

（　）② いまの　うちは　________ので、ひろい　へやが　ほしいです。
1. まるい　　2. ふとい
3. せまい　　4. みじかい

（　）③ よるは　すずしいですから、________　コートを　きて　ください。
1. うすい　　2. きたない
3. ほそい　　4. まるい

解答

(1) ① 1　② 4　③ 2

(2) ① 4　② 3　③ 1

（一）イ形容詞

❷感覺

あたたかい［暖かい］4 イ形 溫暖的

ことしの　ふゆは　あたたかいです。

今年的冬天很溫暖。

あつい［暑い］2 イ形 （形容天氣）炎熱的

なつは　とても　あついです。

夏季非常炎熱。

さむい［寒い］2 イ形 寒冷的

きょうは　とても　さむいです。

今天非常寒冷。

すずしい［涼しい］3 イ形 涼爽的

にほんの　ごがつは　すずしいです。

日本的五月很涼爽。

あつい［熱い］2 イ形 （用於天氣以外）高溫的、熱情的

あつい　コーヒーが　のみたいです。

想喝熱的咖啡。

つめたい [冷たい] 0 イ形 （用於天氣以外）冰冷的

つめたい　みずを　ください。

請給我冰水。

ぬるい [温い] 2 イ形 溫的

このこうちゃは　ぬるいです。

這杯紅茶是溫的。

いい / よい [良い] 1/1 イ形 好的

いい　だいがくに　はいりたいです。

想進好的大學。

わるい [悪い] 2 イ形 不好的

きょうは　てんきが　わるいです。

今天天氣不好。

いたい [痛い] 2 イ形 痛的

はが　いたいです。

牙齒痛。

おもしろい [面白い] 4 イ形 有趣的、好玩的

にほんごの　じゅぎょうは　おもしろいです。

日文課很有趣。

つまらない 3 イ形 無趣的

このえいがは　<u>つまらない</u>です。

這部電影很無聊。

たのしい [楽しい] 3 イ形 快樂的

パーティーは　<u>たのしい</u>です。

宴會很開心。

うれしい [嬉しい] 3 イ形 高興的

わたしも　<u>うれしい</u>です。

我也很開心。

ほしい [欲しい] 2 イ形 想要的

なにが　<u>ほしい</u>ですか。

想要什麼呢？

隨堂測驗

(1) 選出正確讀音

(　) ① ________痛い

1. いだい　　2. いたい
3. えたい　　4. きたい

(　) ② ________欲しい

1. うれしい　　2. はやい
3. はしい　　4. ほしい

(　) ③ ______良い
1. いい　　2. はい
3. ない　　4. やい

(2) 填入正確單字

(　) ① きょうは　______ので、プールに
ひとが　おおぜい　います。
1. いたい　　2. うすい
3. あつい　　4. ぬるい

(　) ② あのせんせいの　じゅぎょうは
______です。
1. おもしろい　　2. あかい
3. すずしい　　4. ほそい

(　) ③ ______ですから、まどを　しめましょう。
1. さむい　　2. つめたい
3. よい　　4. いそがしい

解答

(1) ① 2　② 4　③ 1
(2) ① 3　② 1　③ 1

（一）イ形容詞

❸狀態

ない［無い］1 イ形 沒有的

もう　じかんが　ないです。

已經沒有時間了。

あかるい［明るい］0 3 イ形 明亮的、開朗的

せいかくは　あかるいです。

個性很開朗。

くらい［暗い］0 イ形 暗的、陰鬱的

へやが　くらいです。

房間很暗。

あぶない［危ない］0 3 イ形 危險的

バイクは　あぶないです。

摩托車很危險。

いそがしい［忙しい］4 イ形 忙的

まいにち　とても　いそがしいです。

每天非常忙碌。

あたらしい［新しい］4 イ形 新的

あたらしい　ふくを　かいました。

買了新的衣服。

ふるい [古い] 2 イ形 舊的

ふるい　くつを　すてます。

丟掉舊的鞋子。

うるさい 3 イ形 吵雜的、囉嗦的

うるさい　ひとは　きらいです。

討厭囉嗦的人。

おもい [重い] 0 イ形 重的

にもつは　おもいです。

行李很重。

かるい [軽い] 0 イ形 輕的

かばんは　かるいです。

包包很輕。

かわいい [可愛い] 3 イ形 可愛的

ねこは　とても　かわいいです。

貓咪非常可愛。

とおい [遠い] 0 イ形 遠的

フランスは　とおいです。

法國很遠。

ちかい [近い] 2 イ形 近的

にほんは　ちかいです。

日本很近。

つよい [強い] 2 イ形 強的

きょうは　かぜが　つよいです。

今天風很強。

よわい [弱い] 2 イ形 弱的

むすめは　からだが　よわいです。

女兒的身體很弱。

おそい [遅い] 0 2 イ形 慢的

そくどが　おそいです。

速度慢。

はやい [早い] 2 イ形 早的

おきるのが　はやいです。

很早起床。

はやい [速い] 2 イ形 快的

あしが　はやいです。

腳程很快。

きたない [汚い] 3 イ形 髒的

トイレが　きたないです。

廁所很髒。

おおい [多い] 1 2 イ形 多的

ひとが　おおいです。

人很多。

すくない [少ない] ③ イ形 少的

さとうが　すくないです。

糖很少。

たかい [高い] ② イ形 貴的

くるまは　たかいです。

車子很貴。

やすい [安い] ② イ形 便宜的

たまごは　やすいです。

蛋很便宜。

むずかしい [難しい] ④ イ形 難的

えいごは　むずかしいです。

英文很難。

やさしい [易しい] ⓪③ イ形 簡單的

そのもんだいは　やさしいです。

那個問題很簡單。

わかい [若い] ② イ形 年輕的

せんせいは　わかいです。

老師很年輕。

隨堂測驗

(1) 選出正確答案

（　）① ＿＿＿＿高い
1. やすい　　2. まずい
3. おそい　　4. たかい

（　）② ＿＿＿＿おおい
1. 速い　　2. 安い
3. 多い　　4. 弱い

（　）③ ＿＿＿＿ふるい
1. 古い　　2. 遠い
3. 軽い　　4. 重い

（2）填入正確單字

（　）① ひこうきは　でんしゃより　＿＿＿＿です。
1. ひくい　　2. よわい
3. はやい　　4. きたない

（　）② 西門町（せいもんちょう）には　＿＿＿＿　ひとが　たくさん　います。
1. わかい　　2. からい
3. あかい　　4. おいしい

（　）③ どうぶつえんで　＿＿＿＿　うさぎを　みました。
1. きれい　　2. かわいい
3. むずかしい　　4. つめたい

解答

（1） ① 4　② 3　③ 1
（2） ① 3　② 1　③ 2

(一)イ形容詞
❹顏色、味道

あおい [青い] 2 イ形 藍的

そらは　あおいです。

天空是藍的。

あかい [赤い] 0 イ形 紅的

りんごは　あかいです。

蘋果是紅的。

きいろい [黄色い] 0 イ形 黃的

タクシーは　きいろいです。

計程車是黃的。

くろい [黒い] 2 イ形 黑的

かみのけは　くろいです。

頭髮是黑的。

しろい [白い] 2 イ形 白的

ゆきは　しろいです。

雪是白的。

おいしい [美味しい] 0 3 イ形 美味的

さしみは　おいしいです。

生魚片很好吃。

まずい ② イ形 難吃的

これは　とても　まずいです。

這個非常難吃。

あまい [甘い] ⓪ イ形 甜的

チョコレートは　あまいです。

巧克力很甜。

からい [辛い] ② イ形 辣的

わさびは　からいです。

芥末很辣。

隨堂測驗

(1) 選出正確答案

(　) ① ＿＿＿＿しろい

1.赤い　　2.黒い

3.白い　　4.黄色い

(　) ② ＿＿＿＿あまい

1.辛い　　2.甘い

3.古い　　4.渋い

(　) ③ ＿＿＿＿あおい

1.遅い　　2.多い

3.早い　　4.青い

(2) 填入正確單字

( ) ① A：このレストランは ＿＿＿＿ですか。
B：いいえ、おいしくないです。
1. はやい　　2. おいしい
3. たのしい　　4. おもしろい

( ) ② こどもは ＿＿＿＿ のみものが
すきです。
1. あまい　　2. からい
3. ふるい　　4. やさしい

( ) ③ ＿＿＿＿ りょうりが すきですか。
1. からい　　2. あおい
3. おおい　　4. ひくい

解答

(1) ① 3 ② 2 ③ 4
(2) ① 2 ② 1 ③ 1

（二）ナ形容詞

❶ 狀態

しずか（な）[静か（な）]

1 ナ形 安靜（的）

ここは　しずかな　まちです。

這裡是安靜的城鎮。

にぎやか（な）[賑やか（な）]

2 ナ形 熱鬧（的）

よいちは　にぎやかな　ところです。

夜市是熱鬧的地方。

べんり（な）[便利（な）]

1 名 ナ形 方便（的）

パソコンは　べんりな　どうぐです。

電腦是方便的工具。

ゆうめい（な）[有名（な）]

0 名 ナ形 有名（的）

かれは　ゆうめいな　かしゅです。

他是有名的歌手。

ひま（な）[暇（な）]

0 名 ナ形 閒暇（的）

ひまな　ときは　でんわして　ください。

有空的時候，請給我電話。

おなじ（な）[同じ（な）]

0 ナ形 連體 相同（的）

おなじものを　ください。（連體用法）

請給我相同的東西。

げんき（な）[元気（な）]

1 名 ナ形 有朝氣（的）

げんきな　おとこのこが　うまれました。

活潑健康的男孩誕生了。

じょうぶ（な）[丈夫（な）]

0 ナ形 堅固（的）

じょうぶな　はこに　いれます。

放入堅固的箱子。

たいせつ（な）[大切（な）]

0 ナ形 重要（的）

あした　たいせつな　かいぎが　あります。

明天有重要的會議。

いろいろ（な）［色々（な）］

0 名 ナ形 各式各樣（的）

いろいろな　はなが　さいて　います。

開著各式各樣的花。

りっぱ（な）［立派（な）］

0 ナ形 氣派、優秀（的）

かれは　りっぱな　うちに　すんで　います。

他住在氣派的房子裡。

ほんとう（な）［本当（な）］

0 名 ナ形 真正（的）、實在

そのはなしは　ほんとうですか。

那件事情是真的嗎？

ほんとうに　おいしいです。

實在很好吃。

たいへん（な）［大変（な）］

0 名 ナ形 副 不容易、費力（的）、非常地

たいへんな　しごとです。

辛苦的工作。

たいへん　おもしろいです。

非常地有趣。

隨堂測驗

(1) 選出正確讀音

(　) ① ________有名
1. ゆうめい　2. ゆめい
3. ゆめ　4. ゆいめ

(　) ② ________元気
1. げんき　2. けんぎ
3. げんぎ　4. きけん

(　) ③ ________大変
1. おおへん　2. たいせつ
3. たいへん　4. だいじ

(2) 填入正確單字

(　) ① おにいさんは　けいかんで、とても ________な　ひとです。
1. ほんとう　2. りっぱ
3. おなじ　4. べんり

(　) ② としょかんでは　________に　して ください。
1. にぎやか　2. うるさい
3. しずか　4. じょうぶ

(　) ③ ________な　とき、ほんを　よんだり、おんがくを　きいたり　します。
1. べんり　2. じょうぶ
3. ひま　4. じょうず

解答

(1) ① 1　② 1　③ 3

(2) ① 2　② 3　③ 3

（二）ナ形容詞

❷感覺

すき（な）［好き（な）］

2 名 ナ形 喜歡（的）

すきな　ひとは　だれですか。

喜歡的人是誰？

いや（な）［嫌（な）］

2 ナ形 討厭（的）

いやな　よかんが　します。

有不好的預感。

きらい（な）［嫌い（な）］

0 名 ナ形 惹人厭（的）

きらいな　たべものは　にんじんです。

討厭的食物是紅蘿蔔。

じょうず（な）［上手（な）］

3 名 ナ形 擅長（的）

いちばん　じょうずな　スポーツは　テニスです。

最擅長的運動是網球。

へた（な）［下手（な）］

2 名 ナ形 不擅長、笨拙（的）

へたな　じで　よめません。

字很難看，所以看不懂。

きれい（な）［綺麗（な）］

1 ナ形 漂亮、乾淨（的）

きれいな　はなを　もらいました。

收到漂亮的花。

だいじょうぶ（な）［大丈夫（な）］

3 ナ形 沒問題（的）

からだは　もう　だいじょうぶですか。

身體已經好了嗎？

隨堂測驗

（1）選出正確讀音

（　）① ＿＿＿＿嫌

1. きらい　　2. きたない

3. わるい　　4. いや

（　）② ＿＿＿＿上手

1. じょず　　2. じょうず

3. じょうぶ　　4. じょうて

（　）③ ＿＿＿＿好き

1. えき　　2. いき

3. すき　　4. ゆき

(2) 填入正確單字

( ) ① トイレは ＿＿＿＿ では ありません。

1. へた　　2. きれい
3. ほんとう　　4. げんき

( ) ② くすりを のみましたから、もう ＿＿＿＿ です。

1. だいじょうぶ　　2. たいせつ
3. じょうず　　4. べんり

( ) ③ ははは りょうりが ＿＿＿＿ です。

1. べんり　　2. おなじ
3. しずか　　4. じょうず

解答

(1) ① 4　② 2　③ 3
(2) ① 2　② 1　③ 4

三

副詞

副詞因為不是句子中絕對必要的存在，因此常被學習者忽略。然而副詞因為能夠表達程度、情形與狀態，有時在判斷題目的句意時是不可或缺的，甚至可能成為答題的關鍵字。好好記住這些常用副詞，在考試中必能助您一臂之力！

（一）頻率、程度

いつも 1 副 總是

いつも　このみせで　かいます。

總是在這間店買。

とても 0 副 非常

とても　むずかしい　テストです。

非常困難的考試。

よく［良く］ 1 副 經常地、很

よく　としょかんへ　いきます。

經常去圖書館。

ちかく［近く］ 1 副 不久、快要

むすめは　ちかく　けっこんします。

女兒就快要結婚。

ときどき［時々］ 0 副 有時候、偶爾

ときどき　かぞくに　あいます。

偶爾和家人見面。

もっと ① 副 更加

もっと　やすい　ものが　ほしいです。

想要更便宜的東西。

あまり ⓪ 副 （接否定）不太～

おさけは　あまり　のみません。

不太喝酒。

はじめて [初めて] ② 副 第一次

はじめて　ひとりで　りょこうを　します。

第一次一個人旅行。

隨堂測驗

（1）選出正確讀音

（　）① ＿＿＿＿良く

1. よく　　2. きく

3. やく　　4. いく

（　）② ＿＿＿＿時々

1. ときとき　　2. いちいち

3. さまざま　　4. ときどき

（　）③ ＿＿＿＿初めて

1. はじめて　　2. ひきめて

3. はつめて　　4. ふしめて

（2）填入正確單字

（　）① ＿＿＿＿　どこで　しょくじを　しますか。
1. とても　　2. もっと
3. すこし　　4. いつも

（　）② つかれましたから、＿＿＿＿
でかけたくないです。
1. あまり　　2. はじめて
3. おおぜい　　4. たくさん

（　）③ A：りょうりの　あじは　いかがですか。
B：＿＿＿＿　からい　ほうが　おいしい
です。
1. もっと　　2. もう
3. おなじ　　4. すぐに

解答

（1） ① 1　② 4　③ 1
（2） ① 4　② 1　③ 1

（二）數量

たくさん 3 0 副 名 ナ形 很多

しゅくだいが　たくさん　あります。

有很多作業。

ちょっと 1 副 一點點、一下下

ちょっと　まって　ください。

請等一下。

すこし [少し] 2 副 少許、稍微

しおを　すこし　いれましょう。

加入少許鹽吧。

ちょうど [丁度] 0 副 剛好

せんえん　ちょうどです。

剛好一千日圓整。

くらい / ぐらい [位] 副助 大約

えきまで　あるいて　どのぐらいですか。

到車站用走的大約要多久呢？

ずつ 副助 各～

ごじゅうえんと　きゅうじゅうえんの　きってを にまいずつ　ください。

請給我五十日圓和九十日圓的郵票各二張。

けっこう（な）[結構（な）]

1 副 名 ナ形 夠了、很好、還可以

けっこう　おいしいです。

相當好吃。

隨堂測驗

(1) 選出正確讀音

(　) ① ________丁度

1. じょうど　　2. ちょっと
3. ちょうど　　4. じょっと

(　) ② ________結構

1. けっこう　　2. けっこん
3. けつごう　　4. けつこう

(　) ③ ________少し

1. すごし　　2. すこし
3. すくし　　4. しょうし

（2）填入正確單字

（　）① A：おちゃを　もう　いっぱい
　　　　いかがですか。
　　　B：いいえ、もう　＿＿＿＿です。
　　　1. けっこう　　　2. きれい
　　　3. ほんとう　　　4. げんき

（　）② スーパーで　ものを　＿＿＿＿
　　　かいました。
　　　1. だいじょうぶ　　　2. たいせつ
　　　3. たくさん　　　4. べんり

（　）③ もう　＿＿＿＿　ほしいです。
　　　1. べんり　　　2. おなじ
　　　3. しずか　　　4. ちょっと

解答

（1） ① 3　② 1　③ 2

（2） ① 1　② 3　③ 4

（三）其他

すぐに［直に］1 副　立刻

すぐに　おくります。

立刻送出。

ゆっくりと 3 副　（動作）慢慢地

ゆっくりと　よみましょう。

慢慢地閱讀吧。

だんだん［段々］0 副　（變化）漸漸地

だんだん　あつく　なりました。

漸漸地變熱了。

だけ 副助　只有

ひゃくえんだけ　あります。

只有一百日圓。

たぶん［多分］1 副　大概

たぶん　そうです。

大概是那樣。

など［等］ 副助　～等

スーパーで　にくや　やさいなどを　かいました。

在超市買了肉和蔬菜等。

そう 1 副 那様地

そうですか。

是那様地嗎？

もう 1 0 副 已經、再

もう　たべました。

已經吃了。

もう　ちょっと　ください。

請再給一些。

また［又］ 0 副 再

また　あそびに　きます。

下次再來玩。

まだ［未だ］ 1 副 尚未

まだ　はやいです。

時間還早。

いちいち［一一］ 2 副 一一、全都

しつもんに　いちいち　こたえて　ください。

請一一回答問題。

いったい［一体］ 0 副 到底

いったい　どう　なりましたか。

到底變怎麼樣了呢？

いっしょに［一緒に］⓪副　一起

いっしょに　のみませんか。

一起喝一杯嗎？

まっすぐ［真っ直ぐ］③副　筆直、直接地

まっすぐに　あるきましょう。

筆直走過去吧。

まっすぐ　かえって　ください。

請直接回去。

隨堂測驗

（1）選出正確答案

（　）① ＿＿＿＿直に

1. ただちに　　2. まっすぐに
3. すぐに　　4. はやめに

（　）② ＿＿＿＿また

1. 在　　2. 有
3. 未　　4. 又

（　）③ ＿＿＿＿一緒に

1. いっじょに　　2. いっしょに
3. いちしょに　　4. いっしょうに

(2) 填入正確單字

( ) ① トイレは ______ いって、
みぎがわです。

1. もう　　2. まっすぐ
3. そう　　4. たぶん

( ) ② むずかしい　もんだいですから、______
かんがえましょう。

1. ゆっくりと　　2. だんだん
3. まだ　　4. おおぜい

( ) ③ ______ あつく　なります。もう
なつですね。

1. いろいろ　　2. ゆっくりと
3. いっしょに　　4. だんだん

解答

(1) ① 3　② 4　③ 2

(2) ① 2　② 1　③ 4

四

動詞

在解讀「言語知識」考題時，最重要的莫過於熟悉動詞的各種變化了。此外，考題中也常常會出現區分他動詞和自動詞的陷阱題，所以一定要將他動詞與自動詞的變化記熟，才能充分應戰！

（一）第一類動詞

❶ 他動詞

あらう［洗う］0 他動 洗

かおを　あらいます。

洗臉。

みがく［磨く］0 他動 刷

はを　みがきます。

刷牙。

いう［言う］0 他動 說、稱為～

わるぐちを　いいます。

說壞話。

はなす［話す］2 他動 說

えいごで　はなして　ください。

請用英語說。

うたう［歌う］0 他動 唱歌

うたを　うたいます。

唱歌。

よぶ［呼ぶ］0 他動 呼喚

おねえさんを　よんで　ください。

請叫姊姊。

かう［買う］0 他動 買

ほんを　かいます。

買書。

うる［売る］0 他動 賣

かばんを　うりました。

賣了包包。

おく［置く］0 他動 放置

つくえの　うえに　おきました。

放在桌上了。

おす［押す］0 他動 壓、推

あかい　ボタンを　おして　ください。

請按紅色按鈕。

ひく［引く／弾く］0 他動 拉、彈

ドアを　ひきます。

將門拉開。

ピアノを　ひきます。

彈鋼琴。

かえす［返す］1 他動 返還

おかねを　かえしました。

還錢了。

かす［貸す］0 他動 借出

えんぴつを　かしました。

借出鉛筆。

わたす［渡す］0 他動 給、交遞

プレゼントを　わたしました。

給了禮物。

かく［書く］1 他動 寫

てがみを　かきます。

寫信。

よむ［読む］1 他動 閱讀

しんぶんを　よみます。

看報紙。

ならう［習う］2 他動 學習

にほんごを　ならいます。

學習日文。

しる［知る］0 他動 知道

ともだちの　たいせつさを　しりました。

知道了朋友的重要性。

きく［聞く］ 0 他動 聽、問

おんがくを　ききます。

聽音樂。

せんせいに　ききましょう。

問老師吧。

きる［切る］ 1 他動 切、剪

かみを　きります。

剪頭髮；剪紙。

けす［消す］ 0 他動 （電器類）關

でんきを　けします。

關燈。

さす［差す］ 1 他動 撐（傘）

かさを　さします。

撐傘。

だす［出す］ 1 他動 送出

てがみを　だしました。

把信送出了。

たのむ［頼む］ 2 他動 拜託、請求

こどもの　せわを　たのみます。

拜託照顧小孩。

つかう［使う］0 他動 使用

はしを　つかいます。

使用筷子。

つくる［作る］2 他動 製作

いすを　つくります。

製作椅子。

とる［取る／撮る］1 他動 取、攝影

しおを　とって　ください。

請拿鹽。

しゃしんを　とりました。

拍了照。

なくす［無くす］0 他動 弄丟

きっぷを　なくしました。

把票弄丟了。

かぶる［被る］2 他動 戴

ぼうしを　かぶります。

戴帽子。

はく［履く／穿く］0 他動 穿（鞋）、穿（褲、裙）

くつを　はきます。

穿鞋子。

ズボンを　はきます。

穿褲子。

ぬぐ [脱ぐ] 1 他動　脫

ふくを　ぬぎます。

脫衣服。

すう [吸う] 0 他動　吸

タバコを　すいません。

不抽菸。

のむ [飲む] 1 他動　喝

みずを　のみます。

喝水。

ふく [吹く] 1 他動　吹

ろうそくを　ふきます。

吹蠟燭。

はたらく [働く] 0 他動　工作

あさから　はたらきます。

從早開始工作。

はる [貼る] 0 他動　貼

きってを　はります。

貼郵票。

まつ [待つ] 1 他動　等待

ちょっと　まって　ください。

請稍等。

もつ [持つ] 1 他動 拿、攜帶、持有

かさを　もちます。

拿著傘。

やすむ [休む] 2 他動 休息、放假

がっこうを　やすみました。

請假沒上學。

やる 0 他動 做、餵、澆（「する」較不客氣的說法）

これは　わたしが　やります。

這個我來做。

はなに　みずを　やります。

給花澆水。

いただく [頂く] 0 他動 受領（「もらう」（得到）的敬語）

せんぱいから　はなを　いただきました。

從學長那收到了花。

隨堂測驗

（1）選出正確讀音

（　）① ________話す

1. かえす　　2. まぶす
3. はなす　　4. くだす

（　）② ＿＿＿＿讀んで

1. かんで　　2. あそんで
3. のんで　　4. よんで

(2) 填入正確單字

（　）① きれいな　かさですね。
どこで　＿＿＿＿か。

1. かいました　　2. ぬぎました
3. はりました　　4. ふきました

（　）② かいしゃの　せんぱいから　おみやげを
＿＿＿＿。

1. あげました　　2. いただきました
3. かぶりました　　4. うたいました

（　）③ とても　さむいから、ぼうしを
＿＿＿＿。

1. はいりましょう　　2. はきましょう
3. かぶりましょう　　4. きましょう

解答

(1) ① 3　② 4

(2) ① 1　② 2　③ 3

動詞

（一）第一類動詞
❷自動詞

あう［会う］1 自動 見面

ともだちに　あいます。

和朋友見面。

あく［開く］0 自動 （門）開

ドアが　あきます。

門開了。

しまる［閉まる］2 自動 （門）關

デパートが　しまりました。

百貨公司關門了。

あそぶ［遊ぶ］0 自動 玩

ともだちと　あそびます。

和朋友玩。

およぐ［泳ぐ］2 自動 游泳

プールで　およぎました。

在游泳池游了泳。

のぼる［登る］0 自動 攀爬、登

かいだんを　のぼります。

爬樓梯。

ある［在る / 有る］1 自動 （存）在、（擁）有

テレビは　へやに　<u>あります</u>。

電視在房間裡。

つくえの　うえに　しゃしんが　<u>あります</u>。

桌上有照片。

いる［要る］0 自動 需要

おかねが　<u>いりません</u>。

不需要錢。

どうぐが　<u>いります</u>。

需要工具。

あるく［歩く］2 自動 走路

がっこうまで　<u>あるきます</u>。

走路到學校。

はしる［走る］2 自動 跑步、行駛

まいあさ　<u>はしります</u>。

每天跑步。

でんしゃが　<u>はしります</u>。

電車行駛。

いく / ゆく［行く］0 / 0 自動 去

がっこうへ　<u>いきます</u>。

去學校。

かいものに　<u>ゆきます</u>。

去買東西。

かえる［帰る］①自動 回去

うちへ　かえります。

回家。

つく［着く］①自動 抵達

かいしゃに　つきました。

到公司了。

のる［乗る］⓪自動 搭乘

バスに　のります。

搭公車。

はいる［入る］①自動 進入

へやに　はいりました。

進了房間。

まがる［曲がる］⓪自動 轉彎

あのかどを　まがります。

在那個轉角轉彎。

わたる［渡る］⓪自動 渡過

はしを　わたります。

過橋。

かかる②自動 花費

にほんまで　さんじかんはんぐらい　かかります。

到日本大約需要花三個半小時。

くもる [曇る] ② 自動 陰（天）

そらが　くもって　います。

天空陰陰的。

さく [咲く] ⓪ 自動 開花

さくらが　さいて　います。

櫻花正開著。

とぶ [飛ぶ] ⓪ 自動 飛

とりが　とんで　います。

鳥在飛。

ふく [吹く] ①② 自動 （風）吹、颳

かぜが　ふきます。

颳風。

ふる [降る] ① 自動 落下

あめが　ふりました。

下雨了。

なく [泣く / 鳴く] ⓪ 自動 哭泣、鳴叫

こどもが　ないて　います。

小孩正在哭。

とりが　ないて　います。

鳥正在叫。

すむ [住む] 1 自動 住

ここに　すんで　います。

住在這裡。

すわる [座る] 0 自動 坐

いすに　すわります。

坐在椅子上。

たつ [立つ / 建つ] 1 自動 站、蓋

そとに　だれかが　たって　います。

外面有誰站著。

ビルが　たちました。

大樓蓋起來了。

ならぶ [並ぶ] 0 自動 排列

ひとが　たくさん　ならんで　います。

很多人在排隊。

ちがう [違う] 0 自動 不對、不同

いみが　ちがいます。

意思不對。

わかる [分かる] 2 自動 了解

にほんごが　わかりますか。

你懂日文嗎？

こまる [困る] 2 自動 困擾

こたえに　こまりました。

對於答案感到困擾。

はじまる [始まる] 0 自動 開始

じゅぎょうが　はじまりました。

上課開始了。

おわる [終わる] 0 自動 結束

ごじに　おわります。

五點結束。

とまる [止まる] 0 自動 停止

とけいが　とまりました。

錶停了。

しぬ [死ぬ] 0 自動 死

びょうきで　しにました。

因病死了。

なる [成る] 1 自動 成為

おとなに　なりました。

長大成人了。

隨堂測驗

(1) 選出正確答案

( ) ① ＿＿＿＿はいって

1.反って　　2.出って
3.入って　　4.行って

( ) ② ＿＿＿＿たちます

1.立ちます　　2.充ちます
3.克ちます　　4.打ちます

( ) ③ ＿＿＿＿終わりました

1. まわりました　　2. かわりました
3. さわりました　　4. おわりました

(2) 填入正確單字

( ) ① A：おうちは　どこですか。
B：あそこの　にかいに　＿＿＿＿
います。

1. ないて　　2. さいて
3. すんで　　4. かかって

( ) ② あめが　＿＿＿＿。かさを　さしましょう。

1. ふって　います　　2. たって　います
3. さいて　います　　4. くって　います

( ) ③ A：これは　あなたの　かばんですか。
B：いいえ、＿＿＿＿。

1. おわります　　2. ちがいます
3. かかります　　4. たちます

解答

(1) ① 3　② 1　③ 4

(2) ① 3　② 1　③ 2

（二）第二類動詞

❶ 他動詞

あける［開ける］0 他動　打開

まどを　あけます。

開窗戶。

あげる［上げる］0 他動　送、給

はなを　あげます。

送花。

あびる［浴びる］0 他動　淋浴

シャワーを　あびます。

沖澡。

いれる［入れる］0 他動　打開（電源）、裝入、泡（茶）

スイッチを　いれます。

打開電源。

ポケットに　おかねを　いれます。

把錢放入口袋裡。

おちゃを　いれて　ください。

請泡茶。

おしえる［教える］0 他動　教導

がくせいに　おしえます。

教導學生。

おぼえる［覚える］3 他動　記住

ひらがなを　おぼえます。

記住平假名。

かける［掛ける］2 他動　打（電話）、戴

でんわを　かけます。

打電話。

めがねを　かけます。

戴眼鏡。

かりる［借りる］0 他動　借入

ほんを　かりました。

借了書。

きる［着る］0 他動　穿

コートを　きます。

穿外套。

しめる［閉める／締める］

2 他動　關閉（門窗）、繫綁

ドアを　しめます。

關門。

ひもを　しめます。

繫繩子。

たべる [食べる] 2 他動 吃

ごはんを　たべます。

吃飯。

つける 2 他動 打開（電器）

でんきを　つけます。

打開電燈。

つとめる [勤める] 3 他動 任職

ぎんこうに　つとめて　います。

任職於銀行。

ならべる [並べる] 0 他動 排列

ほんを　ならべます。

排放書本。

みせる [見せる] 2 他動 給看、顯示

それを　みせて　ください。

請讓我看一下那個。

みる [見る] 1 他動 看

えいがを　みます。

看電影。

わすれる [忘れる] 0 他動 忘記

かさを　わすれました。

把傘忘了。

隨堂測驗

（1）選出正確答案

（　）① ＿＿＿＿みる
1.見る　2.有る
3.居る　4.入る

（　）② ＿＿＿＿きる
1.木る　2.機る
3.着る　4.見る

（　）③ ＿＿＿＿たべる
1.調べる　2.呼べる
3.食べる　4.並べる

（2）填入正確單字

（　）① あねは　がっこうに　＿＿＿＿。
1. かりて　います　2. つけて　います
3. あびて　います　4. つとめて　います

（　）② あつく　なりましたから、まどを　＿＿＿＿　ください。
1. あけて　2. つけて
3. いれて　4. ならべて

（　）③ タクシーに　かさを　＿＿＿＿。
1. しめました　2. わすれました
3. あびました　4. おしえました

解答

（1）① 1　② 3　③ 3

（2）① 4　② 1　③ 2

（二）第二類動詞

❷自動詞

いる［居る］0 自動 （有生命的）在、有

きょうしつに　います。

在教室裡。

ねこが　います。

有貓。

うまれる［生まれる］0 自動 出生

こどもが　うまれました。

孩子生下來了。

おきる［起きる］2 自動 起床

しちじに　おきます。

七點起床。

おりる［降りる］2 自動 下（車、樓梯等）

くるまから　おります。

下車。

きえる［消える］0 自動 消失、熄滅

ひが　きえました。

火熄了。

こたえる［答える］③②自動 回答

しつもんに こたえなさい。

回答問題。

つかれる［疲れる］③自動 疲憊

たいへん つかれました。

非常地疲憊。

でかける［出かける］⓪自動 外出

かいものに でかけます。

出去買東西。

できる［出来る］②自動 能夠、會

にほんごが できます。

會日文。

でる［出る］①自動 出去、離開

いえを でます。

出門；離家出走。

ねる［寝る］⓪自動 睡覺

じゅうにじに ねます。

十二點睡覺。

はれる［晴れる］②自動 放晴

きょうも はれました。

今天也放晴了。

隨堂測驗

（1）選出正確答案

（　）① ________でる

1. 来る　　2. 見る
3. 居る　　4. 出る

（　）② ________居る

1. いる　　2. くる
3. みる　　4. ある

（　）③ ________寝る

1. ぬる　　2. わる
3. ねる　　4. まる

（2）填入正確單字

（　）① つぎの　えきで　________、まっすぐに あるきなさい。

1. おりて　　2. ねて
3. はれて　　4. つかれて

（　）② にわに　ねこが　にひき　________。

1. あります　　2. できます
3. います　　4. おぼえます

（　）③ わたしは　タイペイで　________。

1. おきました　　2. うまれました
3. ねました　　4. みました

解答

(1) ① 4　② 1　③ 3

(2) ① 1　② 3　③ 2

（三）第三類動詞

❶ 他動詞

コピーする ①（他動） 影印

これを　コピーして　ください。

請影印這個。

する ⓪（他動） 做

しゅくだいを　します。

做作業。

せんたくする［洗濯する］⓪（他動） 洗滌

ようふくを　せんたくします。

洗衣服。

そうじする［掃除する］⓪（他動） 掃除

へやを　そうじします。

打掃房間。

べんきょうする［勉強する］⓪（他動） 唸書、學習

にほんごを　べんきょうします。

學習日文。

（三）第三類動詞

❷自動詞

けっこんする［結婚する］[0] 自動 結婚

きょねん　けっこんしました。

去年結婚了。

さんぽする［散歩する］[0] 自動 散步

まいあさ　さんぽします。

每天早上散步。

りょこうする［旅行する］[0] 自動 旅行

らいしゅう　かぞくと　りょこうします。

下星期和家人去旅行。

くる［来る］[1] 自動 來

ここへ　きて　ください。

請來這邊。

隨堂測驗

（1）選出正確答案

（　）① ________くる

1.行る　　2.来る

3.帰る　　4.走る

(　) ② ＿＿＿＿勉強する

1. べんきょうする　　2. べんきょする
3. べんぎょうする　　4. べんぎょする

(　) ③ ＿＿＿＿散歩する

1. さんぽする　　2. さんぽうする
3. さんぼうする　　4. さんぼする

(2) 填入正確單字

(　) ① テストが　ありますから、きのう
おそくまで　＿＿＿＿。

1. りょこうしました
2. そうじしました
3. けっこんしました
4. べんきょうしました

(　) ② しゅうに　いっかい　へやを　＿＿＿＿。

1. そうじします　　2. べんきょうします
3. コピーします　　4. します

(　) ③ また　あそびに　＿＿＿＿　ください。

1. さんぽして　　2. きて
3. かえって　　4. せんたくして

解答

(1) ① 2　② 1　③ 1
(2) ① 4　② 1　③ 2

動詞

五

疑問詞

有關疑問詞的題目，從來不曾消失於歷年考題中，也是最基礎、最普遍的考法，所以請讀者熟記，屆時一定能看到題目就知道該怎麼答題，輕鬆過關！

疑問詞

だれ［誰］ 1 疑 誰

あのひとは　だれですか。

那個人是誰呢？

どなた 1 疑 哪位

あのかたは　どなたですか。

那一位是哪位呢？

なん［何］ 1 疑 什麼

なんですか。

什麼事呢？

なに［何］ 1 疑 什麼

なにを　のみますか。

要喝什麼呢？

いつ［何時］ 1 疑 何時

たんじょうびは　いつですか。

生日是何時呢？

どこ［何処］ 1 疑 哪裡

きょうしつは　どこですか。

教室在哪裡呢？

どちら 1 疑 哪邊（「どこ」、「どっち」的敬語體）

おくには　どちらですか。

請問您是哪一國人呢？

どっち 1 疑 哪（「どちら」的口語體）

どっちが　すきですか。

喜歡哪一個呢？

どうして 1 疑 為什麼

どうして　いきませんでしたか。

為什麼沒有去呢？

なぜ [何故] 1 疑 為何

なぜ　がっこうを　やすみましたか。

為何沒有去學校呢？

いくつ 1 疑 多少個

みかんは　いくつ　ありますか。

橘子有幾個呢？

いくら 1 疑 多少錢

りんごは　ひとつ　いくらですか。

蘋果一個多少錢呢？

どう [如何] 1 疑 如何

あじは　どうですか。

味道如何呢？

いかが ②疑 如何、怎麼樣（「どう」的敬語體）

コーヒーは　いかがですか。

要不要喝咖啡呢？

どんな ①疑 什麼樣的

どんな　くつを　かいたいですか。

想買什麼樣的鞋子呢？

どの ①連體 哪一個

どのかばんが　せんせいの　ですか。

哪一個包包是老師的呢？

どれ ①疑 哪個

どれが　いいですか。

喜歡哪一個呢？

隨堂測驗

（1）選出正確答案

（　）① ________誰

1. だれ　　2. たれ

3. たね　　4. たき

（　）② ________何処

1. どご　　2. とご

3. どこ　　4. とこ

（　）③ ＿＿＿＿なん

1.便　　2.使
3.何　　4.付

（2）填入正確單字

（　）① A：＿＿＿＿　えいがが　すきですか。
B：おもしろい　えいがが　すきです。
1. どんな　　2. どの
3. どっち　　4. どこ

（　）② A：きむらさんは　＿＿＿＿に　いますか。
B：かいぎしつに　います。
1. いつ　　2. どこ
3. どう　　4. だれ

（　）③ A：＿＿＿＿　せんたくしませんでしたか。
B：あめでしたから。
1. どなた　　2. どこ
3. なに　　4. なぜ

解答

（1） ① 1　② 3　③ 3
（2） ① 1　② 2　③ 4

六

招呼語

　　最生活化也最基礎的就屬招呼語了！只要熟記這些常用的招呼語，並把握招呼語經常出現於句首句尾的秘訣，有關此類的對話考題，一定也能輕鬆解決！

招呼語

おはよう　ございます。
早安。

こんにちは。
午安。

こんばんは。
晚安。

おやすみなさい。
（睡覺前的）晚安。

どうも　ありがとう　ございます。／
どうも　ありがとう　ございました。
謝謝您（謝謝您了）。

ありがとう。
謝謝。

（いいえ）どういたしまして。
（不，）不客氣。

ごめんなさい。
抱歉。

すみません。
對不起。

はじめまして。
初次見面。

（どうぞ）よろしく。
請多指教。

おねがいします。
拜託（您）。

こちらこそ。
彼此彼此。

ごめん　ください。

（進門前）有人在嗎？

いらっしゃい（ませ）。

歡迎（歡迎您）。

しつれいします。／しつれいしました。

打擾（打擾了）。

いただきます。

（用餐前說的）開動了。

ごちそうさま（でした）。

（用餐後說的）謝謝招待。

さようなら。

再見。

では、また。

（和熟人說的）再見。

（では、）おげんきで。

（那麼，）請保重。

隨堂測驗

選出適當用語，完成對話

（　）① A：＿＿＿、トイレは　どこですか。
　　B：あそこです。
　　1. さようなら　　2. こちらこそ
　　3. では、また　　4. すみません

（　）② A：もう　ごはんですよ。
　　B：＿＿＿。
　　1. いただきます　　2. こんにちは
　　3. ごめんなさい　　4. さようなら

（　）③ A：どうも　ありがとう　ございます。
　　B：＿＿＿。
　　1. おやすみなさい　　2. しつれいします
　　3. ごちそうさま　　4. どういたしまして

解答

① 4　② 1　③ 4

七

其他

頻繁地在歷年考試中出現的接續詞考題，以及容易讓讀者混淆的複意、複音字，都在這裡為您有系統地整理出大補帖，讓您快速瀏覽、輕鬆破解！

（一）接續詞

しかし 2 接續 但是

あきに　なりました。しかし　まだ　あついです。

已經入秋了。但還是很熱。

でも 1 接續 可是

テストが　あります。

でも　べんきょうしたくないです。

有考試。可是不想唸書。

じゃ／じゃあ 1／1 接續 那麼

じゃ、おわりましょう。

那麼，結束吧。

そして 0 接續 而且

あのレストランは　おいしいです。

そして　やすいです。

那間餐廳好吃。而且便宜。

それから 0 接續 然後

にちようび　テニスを　します。

それから　えいがを　みます。

星期天打網球。然後看電影。

それでは ③ 接續 如果那樣、那麼

それでは　コーヒーを　おねがいします。

如果那樣的話，麻煩給我咖啡。

では ① 接續 那麼

では、みんなで　いきましょう。

那麼，大家一起去吧。

～ながら 接續 一邊～一邊～

べんきょうしながら、おんがくを　ききます。

一邊唸書，一邊聽音樂。

隨堂測驗

選出正確答案

(　) ① しゅくだいを　します。＿＿＿＿
テレビを　みます。
1. それから　2. では
3. でも　4. しかし

(　) ② にほんの　ちかてつは　きれいです。
＿＿＿＿　べんりです。
1. しかし　2. じゃ
3. そして　4. でも

(　) ③ りょこうを　したいです。＿＿＿＿
おかねが　ありません。
1. そうして　2. しかし
3. それから　4. じゃ

解答

① 1　② 3　③ 2

(二)複意、複音字

❶名詞

あめ [雨] 1 名 雨天

[飴] 0 名 糖果

かぜ [風] 0 名 風

[風邪] 0 名 感冒

～かい [～回] 名 ～回

[～階] 名 ～樓

はし [箸] 1 名 筷子

[橋] 2 名 橋樑

はな [鼻] 0 名 鼻子

[花] 2 名 花

（二）複意、複音字

❷形容詞

良い［いい］1 イ形 好的

［よい］1 イ形 好的

あつい［暑い］2 イ形 （形容天氣）炎熱的

［熱い］2 イ形 （用於天氣以外）高溫、熱情的

［厚い］0 イ形 厚的

たかい［高い］2 イ形 高的

［高い］2 イ形 貴的

はやい［早い］2 イ形 早的

［速い］2 イ形 快的

嫌（な）［いや（な）］2 名 ナ形 討厭（的）

嫌い（な）［きらい（な）］0 名 ナ形 惹人厭（的）

（二）複意、複音字

❸動詞

行く［いく］0 自動 去

［ゆく］0 自動 去

しめる［閉める］2 他動 關閉（門窗）

［締める］2 他動 繫、綁

とる［取る］1 他動 取

［撮る］1 他動 攝影

はく［履く］0 他動 穿鞋

［穿く］0 他動 穿（褲、裙）

ひく［引く］0 他動 拉

［弾く］0 他動 彈

ある［有る］1 自動 （擁）有

［在る］1 自動 （存）在

なく［泣く］0 自動 哭泣

［鳴く］0 自動 鳴叫

隨堂測驗

(1) きのうは　あめ①　でした。にわで　とりが　ないて②　いました。わたしは　くつを　はいて③、そとへ　みに　いきました④。

(　) ① ＿＿＿＿あめ
1.飴　2.雨
3.天　4.編

(　) ② ＿＿＿＿ないて
1.鳴いて　2.咲いて
3.明いて　4.泣いて

(　) ③ ＿＿＿＿はいて
1.吐いて　2.履いて
3.佩いて　4.穿いて

(　) ④ ＿＿＿＿いきました
1.生きました　2.息ました
3.逝きました　4.行きました

(2) あのはなや①は　たかいですから、はし②を　わたって、ほかの　みせへ　かいに　いきました。

(　) ① ＿＿＿＿はなや
1.端屋　2.鼻矢
3.花屋　4.花矢

（　）② ＿＿＿＿はし

1.嘴　　2.箸

3.梯　　4.橋

解答

(1) ① 2　② 1　③ 2　④ 4

(2) ① 3　② 4

其他

八

模擬試題＋完全解析

就要上考場了嗎？好好將之前的題目都瀏覽過一遍之後，抱著沉穩應戰的心情，拿起2B鉛筆來寫一次模擬考題吧！最後請檢視您最容易犯下錯誤的題型，將它好好再複習一遍，明天要合格，絕不只是夢想！

（八）模擬試題＋完全解析

❶模擬試題第一回

もんだい 1

ぶんの ＿＿の かんじは どう よみますか。1・2・3・4から いちばん いい ものを ひとつ えらびなさい。

（　）① 新しい ようふくですね。

1. あたらしい　　2. あだらしい
3. あらたしい　　4. あらだしい

（　）② 電気を けして ください。

1. でんぎ　　2. でんき
3. てんぎ　　4. てんき

（　）③ 食堂で 昼ごはんを たべます。

1. こる　　2. ある
3. はる　　4. ひる

（　）④ 父は がいこくで 働いて います。

1. はたらいて　　2. めたらいて
3. ひたらいて　　4. くたらいて

（　）⑤ 荷物を たくさん もって います。

1. かもつ　　2. にもつ
3. かもの　　4. にもの

（　）⑥ 田中さん、お元気ですか。

1. けんけ　　2. がんけ
3. げんき　　4. がんき

（　）⑦ 母は　うたが　上手です。

1. へた　　2. じょず
3. へだ　　4. じょうず

（　）⑧ かぜが　強いから、まどを　しめて　ください。

1. つゆい　　2. つよい
3. つやい　　4. づよい

（　）⑨ 牛乳は　冷蔵庫に　入れなければ　いけません。

1. でいとうこう　　2. れいとうこ
3. でいぞうこう　　4. れいぞうこ

（　）⑩ 赤い　ボタンを　押して　ください。

1. かして　　2. れして
3. おして　　4. はして

（　）⑪ ここは　駅から　遠くて　不便です。

1. とうくて　　2. ちかくて
3. とおくて　　4. しかくて

（　）⑫ 風邪で　学校を　休みました。

1. かせ　　2. ふうせ
3. かぜ　　4. ふうぜ

もんだい 2

つぎの　ぶんの　＿＿の　ことばは　かんじや　かなで　どう　かきますか。1・2・3・4 から　いちばん　いい　ものを　ひとつ　えらびなさい。

（　）① そとで　はなしましょう。

1.代　　2.側
3.夘　　4.外

（　）② あのほてるは　たかいです。
1. ホラル　　2. ホテル
3. ホラハ　　4. ハテル

（　）③ でかけるまえに　シャワーを　あびます。
1. しゃわあ　　2. ちゃわあ
3. しょうわあ　　4. ちょうわあ

（　）④ ちずを　かいて　もらいます。
1. 地理　　2. 地利
3. 地表　　4. 地図

（　）⑤ ようじが　あります。
1. 申事　　2. 用事
3. 由事　　4. 甲事

（　）⑥ 黒い　ふとったねこが　います。
1. 大った　　2. 天った
3. 木った　　4. 太った

（　）⑦ 長野けんは　りんごで　ゆうめいです。
1. 市　　2. 県
3. 町　　4. 鎮

（　）⑧ 男の　人が　もんの　前に　たって　いました。
1. 門　　2. 間
3. 開　　4. 闇

もんだい３

つぎの　ぶんの　＿＿＿の　ところに　なにを　いれますか。1・2・3・4から　いちばん　いい　ものを　ひとつ　えらびなさい。

(　) ① このみものは　とても　＿＿＿＿
おいしいです。
1. よくて　　2. つめたくて
3. わかく　　4. やさしくて

(　) ② にほんごは　まだ　＿＿＿＿です。にほんの
しんぶんは　ほとんど　読めません。
1. まずい　　2. へた
3. ひくい　　4. ふるい

(　) ③ ＿＿＿＿　あなたと　はなしたいです。
いっしょに　しょくじを　しながら
はなしましょう。
1. たいてい　　2. だんだん
3. もっと　　4. あまり

(　) ④ ゆうべ　ねるまえに　ちょっと　＿＿＿＿を
ひきました。
1. ピアノ　　2. テープ
3. スポーツ　　4. ストーブ

(　) ⑤ A「もう　いっぱい　いかがですか」
B「もう　おそいですから、＿＿＿＿」
1. そろそろ　しつれいします
2. すぐ　かえりなさい
3. かえりたいです
4. かえりたくないです

(　) ⑥ しょくじの　とき、みぎの　てで　はしを
もって、ひだりの　てで　＿＿＿＿を
もちます。
1. ねこ　　2. めがね
3. ちゃわん　　4. おかし

（　）⑦ わたしは　いつも　にちようびに　くつを
______。
1. むぎます　　2. かけます
3. みがきます　　4. はきます

（　）⑧ あそこで　タクシーに　______。
1. のりました　　2. あがりました
3. つきました　　4. でかけました

（　）⑨ あついですから、そとに
______ たくないです。
1. かえり　　2. み
3. はいり　　4. で

（　）⑩ ねるまえに　おさけを　______
のみました。
1. さんさつ　　2. さんばい
3. さんだい　　4. さんまい

もんだい４

____の　ぶんと　だいたい　おなじ　いみの　ぶんは　どれですか。1・2・3・4から　いちばん　いい　ものを　ひとつ　えらびなさい。

（　）① わたしは　ふとい　えんぴつが　すきです。
1. せまい　えんぴつは　すきでは　ありません。
2. おもい　えんぴつは　すきでは　ありません。
3. かるい　えんぴつは　すきでは　ありません。
4. ほそい　えんぴつは　すきでは　ありません。

(　)② ときどき　かぞくに　電話を　かけます。
1. 毎日　かぞくに　電話を　かけます。
2. いっしゅうかんに　ろっかいぐらい　かぞくに　電話を　かけます。
3. いっかげつに　いっかい　かぞくに　電話を　かけます。
4. いちねんに　いっかいぐらい　かぞくに　電話を　かけます。

(　)③ やまだ「わたしの　あねは　りょうりを　おしえて　います」
1. やまださんの　おばあさんは　りょうりの　せんせいです。
2. やまださんの　おかあさんは　りょうりの　せんせいです。
3. やまださんの　おにいさんは　りょうりの　せんせいです。
4. やまださんの　おねえさんは　りょうりの　せんせいです。

(　)④ だんだん　あたたかく　なりました。さくらの　はなも　いっぱい　さいて　います。
1. にほんの　はるです。
2. にほんの　なつです。
3. にほんの　あきです。
4. にほんの　ふゆです。

(　)⑤ これは　パソコンの　ざっしです。
1. たいてい　まいにち　ききます。
2. たいてい　まいにち　のります。
3. たいてい　まいしゅう　かいます。
4. たいてい　まいつき　やります。

模擬試題第一回　解答

もんだい 1

① 1	② 2	③ 4	④ 1	⑤ 2
⑥ 3	⑦ 4	⑧ 2	⑨ 4	⑩ 3
⑪ 3	⑫ 3			

もんだい 2

① 4	② 2	③ 1	④ 4	⑤ 2
⑥ 4	⑦ 2	⑧ 1		

もんだい 3

① 2	② 2	③ 3	④ 1	⑤ 1
⑥ 3	⑦ 3	⑧ 1	⑨ 4	⑩ 2

もんだい 4

① 4	② 3	③ 4	④ 1	⑤ 3

模擬試題第一回　中譯及解析

問題1

文章中______的漢字怎麼唸呢？請從1・2・3・4當中選出一個最好的答案。

（　）① 新(あたら)しい　ようふくですね。

1. あたらしい　　2. あだらしい
3. あらたしい　　4. あらだしい

中譯 新衣服啊。

解析 「新(あたら)しい」（新的）是イ形容詞，這裡用來修飾後面的「洋服(ようふく)」（衣服）。

（　）② 電気(でんき)を　けして　ください。

1. でんぎ　　2. でんき
3. てんぎ　　4. てんき

中譯 請關電燈。

解析 「電気(でんき)」是名詞，有二個意思，一個是「電力」，一個是「電燈」，這裡做「電燈」解釋。

（　）③ 食堂(しょくどう)で　昼(ひる)ご飯(はん)を　たべます。

1. こる　　2. ある
3. はる　　4. ひる

中譯 在食堂吃午飯。

解析 「昼(ひる)」（中午）是名詞，後面除了接續「ご飯(はん)」（飯），變成「昼(ひる)ご飯(はん)」（午飯）之外，也常接「休(やす)み」，變成「昼休(ひるやす)み」，為「午休」之意。

（　）④ 父（ちち）は　がいこくで　働（はたら）いて　います。

1. はたらいて　　2. めたらいて

3. ひたらいて　　4. くたらいて

中譯 家父在國外工作。

解析 「働（はたら）いて」是動詞「働（はたら）く」的て形，「工作」的意思。

（　）⑤ 荷物（にもつ）を　たくさん　もって　います。

1. かもつ　　2. にもつ

3. かもの　　4. にもの

中譯 拿著很多行李。

解析 「荷物（にもつ）」（行李）是名詞，雖然「物」也可發音為「もの」，但此處是發「もつ」的音。

（　）⑥ 田中（たなか）さん、お元気（げんき）ですか。

1. けんけ　　2. がんけ

3. げんき　　4. がんき

中譯 田中先生，您好嗎？

解析 「元気（げんき）」（健康、有朝氣的）是ナ形容詞，常出現在日常會話中，用來問候他人。

（　）⑦ 母（はは）は　うたが　上手（じょうず）です。

1. へた　　2. じょず

3. へだ　　4. じょうず

中譯 家母擅長唱歌。

解析 「上手（じょうず）」（擅長的）是ナ形容詞，相反詞則是「下手（へた）」（不擅長的）。

(　) ⑧ かぜが　強(つよ)いから、まどを　しめて
ください。

1. つゆい　2. つよい

3. つやい　4. づよい

中譯 因為風很強，請把窗戶關上。

解析 「強(つよ)い」（強的）是イ形容詞，相反詞則是「弱(よわ)い」（弱的）。

(　) ⑨ 牛乳(ぎゅうにゅう)は　冷蔵庫(れいぞうこ)に　入(い)れなければ
いけません。

1. でいとうこう　2. れいとうこ

3. でいぞうこう　4. れいぞうこ

中譯 牛奶不放冰箱不行。

解析 「冷蔵庫(れいぞうこ)」是「冰箱」，是冷藏東西的地方，屬於名詞。「れいとうこ」則是指「冷凍庫(れいとうこ)」，是冷凍東西的地方。

(　) ⑩ 赤(あか)い　ボタンを　押(お)して　ください。

1. かして　2. れして

3. おして　4. はして

中譯 請按下紅色按鈕。

解析 「押(お)して」是動詞「押(お)す」的て形，這裡是「按、壓」的意思。

(　) ⑪ ここは　駅(えき)から　遠(とお)くて　不便(ふべん)です。

1. とうくて　2. ちかくて

3. とおくて　4. しかくて

中譯 這裡離車站很遠，不方便。

解析 「遠（とお）くて」是「遠（とお）い」（遠的）的連接形，イ形容詞要變化成連接形須「去い＋くて」。

（　）⑫ 風邪（かぜ）で　学校（がっこう）を　休（やす）みました。

1. かせ　　2. ふうせ

3. かぜ　　4. ふうぜ

中譯 因為感冒，所以向學校請假。

解析 「風邪（かぜ）」（感冒）是名詞，「かぜ」另外也可寫成漢字「風（かぜ）」，此時意思就是「風」。

問題2

下面文章中＿＿＿的語彙，用漢字或假名該如何寫呢？請從1・2・3・4當中選出一個最好的答案。

（　）① そとで　はなしましょう。

1.代　　2.側

3.夘　　4.外

中譯 在外面說吧。

解析 正確答案選項4「外（そと）」（外面）是名詞，必學之相關方位詞尚有「內（うち）」（裡面）、「中（なか）」（中間）、「側（そば）」（旁邊）。其餘選項中，「代（だい）」（費用）並非方向性用字，而「夘」則是不存在的語彙。

（　）② あのほてるは　たかいです。

1. ホラル　　2. ホテル

3. ホラハ　　4. ハテル

中譯 那間飯店很貴。

解析 「ホテル」（飯店）是名詞，是來自英文「hotel」的外來語。

（　）③ でかけるまえに　シャワーを　あびます。

1. しゃわあ　　2. ちゃわあ

3. しょうわあ　　4. ちょうわあ

中譯 出門之前沖澡。

解析 「シャワー」（沖澡）是名詞，是來自英文「shower」的外來語。動詞固定使用「浴(あ)びる」（澆、淋）。

（　）④ ちずを　かいて　もらいます。

1. 地理　　2. 地利

3. 地表　　4. 地図

中譯 請人家幫我畫地圖。

解析 「地図(ちず)」（地圖）是名詞，配合的動詞是「描(か)く」（畫）。其餘選項「地理(ちり)」（地理）、「地利(ちり)」（地利）、「地表(ちひょう)」（地表），雖皆為名詞，卻都不是正確答案。

（　）⑤ ようじが　あります。

1. 申事　　2. 用事

3. 由事　　4. 甲事

中譯 有事情。

解析 「用事（ようじ）」是「事情」，屬於名詞，配合的動詞是「ある」（有）。其餘選項都是不存在的字。

（　）⑥ 黒（くろ）い　ふとったねこが　います。

1.大った　　2.天った
3.木った　　4.太った

中譯 有隻黑色的肥貓。

解析 「太（ふと）った」是動詞「太（ふと）る」的た形，肥胖的意思，用來形容後面的名詞「猫（ねこ）」（貓）。其餘選項都是不存在的字。

（　）⑦ 長野（ながの）けんは　りんごで　ゆうめいです。

1.市　　2.県
3.町　　4.鎮

中譯 長野縣以蘋果聞名。

解析 「県（けん）」是「縣」（日本的行政單位）的意思，屬於名詞。

（　）⑧ 男（おとこ）の　人（ひと）が　もんの　前（まえ）に　たっていました。

1.門　　2.間
3.開　　4.闇

中譯 男人站在門的前面。

解析 「門（もん）」是「門」，屬於名詞。「立（た）って」是動詞「立（た）つ」（站）的て形。

問題3

下面文章中＿＿＿處，要放進去什麼呢？請從1・2・3・4當中選出一個最好的答案。

（　）① こののみものは　とても　＿＿＿
おいしいです。

1. よくて　　2. つめたくて
3. わかく　　4. やさしくて

中譯 這個飲料非常冰涼好喝。

解析 「冷（つめ）たい」（冰涼的）是イ形容詞，要變成連接形時，必須先去掉い加上くて，變成「冷（つめ）たくて」才是正確的答案。此外，選項1「よい」是「好的」，選項3是「若（わか）い」是「年輕的」，選項4「易（やさ）しい」是「簡單的」。

（　）② にほんごは　まだ　＿＿＿です。にほんの
しんぶんは　ほとんど　読（よ）めません。

1. まずい　　2. へた
3. ひくい　　4. ふるい

中譯 日文還不擅長。日文報紙幾乎都看不懂。

解析 選項1「まずい」（難吃的）是イ形容詞；選項2「下手（へた）」（不擅長的）是ナ形容詞；選項3「低（ひく）い」（低的）是イ形容詞；選項4「古（ふる）い」（老舊的）是イ形容詞，所以正確答案是2。

（　）③ ＿＿＿　あなたと　はなしたいです。
いっしょに　しょくじを　しながら
はなしましょう。

1. たいてい　　2. だんだん
3. もっと　　4. あまり

中譯　想跟你進一步談話。一邊用餐一邊談吧。

解析　本題選項都是副詞，選項1「たいてい」（大致上）；選項2「だんだん」（漸漸地）；選項3「もっと」（更～）；選項4「あまり」（不太～）。所以正確答案是3。

（　）④ ゆうべ　ねるまえに　ちょっと　＿＿＿をひきました。

1. ピアノ　　2. テープ
3. スポーツ　　4. ストーブ

中譯　昨晚睡覺前，彈了一下鋼琴。

解析　與動詞「ひきます」（彈）配合的樂器是「ピアノ」（鋼琴）和「ギター」（吉他）。「スポーツ」（運動）配合的動詞是「します」（做）。而「テープ」（錄音帶）和「ストーブ」（火爐）皆為名詞，並無固定配合的動詞。

（　）⑤ A「もう　いっぱい　いかがですか」
B「もう　おそいですから、＿＿＿」

1. そろそろ　しつれいします
2. すぐ　かえりなさい
3. かえりたいです
4. かえりたくないです

中譯　A「要不要再來一杯呢？」
B「因為已經晚了，所以差不多該告辭了。」

解析　「そろそろ失礼（しつれい）します」是「差不多該告辭」

的意思。

(　) ⑥ しょくじの　とき、みぎの　てで　はしを
もって、ひだりの　てで　＿＿＿を
もちます。

1. ねこ　　　　2. めがね
3. ちゃわん　　4. おかし

中譯 用餐的時候，右手拿筷子，左手拿碗。

解析 正確答案「**茶碗**」（碗），以及選項1「**猫**」（貓）、選項2「**眼鏡**」（眼鏡）、選項4「**お菓子**」（零食），皆為名詞。

(　) ⑦ わたしは　いつも　にちようびに　くつを
＿＿＿。

1. むきます　　2. かけます
3. みがきます　4. はきます

中譯 我總是在星期天擦鞋子。

解析 正確答案「**磨きます**」（刷、擦），以及選項1「**むきます**」（剝）、選項2「**かけます**」（掛、戴上）、選項4「**はきます**」（穿鞋、襪），皆為動詞。

(　) ⑧ あそこで　タクシーに　＿＿＿。

1. のりました　　2. あがりました
3. つきました　　4. でかけました

中譯 在那邊搭了計程車。

解析 選項1「**乗りました**」（搭乘了），選項2「**上**

がりました」（爬上去了），選項3「着きました」（抵達了），選項4「出かけました」（外出了），皆為動詞的過去式。因為計程車固定要用動詞「乗ります」（搭乘），所以正確答案為1。

（　）⑨ あついですから、そとに ＿＿＿たくないです。

1. かえり　　2. み

3. はいり　　4. で

中譯 因為很熱，所以不想出去外面。

解析 選項1「帰ります」（回家），選項2「見ます」（看），選項3「入ります」（進去），選項4「出ます」（外出）皆為動詞。此處運用的文法為「動詞ます形去ます＋たい的否定形」，意為「不想～」。

（　）⑩ ねるまえに　おさけを ＿＿＿ のみました。

1. さんさつ　　2. さんばい

3. さんだい　　4. さんまい

中譯 睡前喝了三杯酒。

解析 選項1「三冊」（三冊），選項2「三杯」（三杯），選項3「三台」（三台），選項4「三枚」（三張、三片或三件），均為數量詞。依照句意，只有選項2「三杯」是正確的答案。

問題4

和______句子意思大致相同的，是哪一個呢？請從1・2・3・4當中選出一個最好的答案。

（　）① わたしは　ふとい　えんぴつが　すきです。

1. せまい　えんぴつは　すきでは　ありません。
2. おもい　えんぴつは　すきでは　ありません。
3. かるい　えんぴつは　すきでは　ありません。
4. ほそい　えんぴつは　すきでは　ありません。

中譯 我喜歡粗的鉛筆。

解析 「狭(せま)い」（狹窄的），「重(おも)い」（重的），「軽(かる)い」（輕的），「細(ほそ)い」（細的）。所以選項4「我不喜歡細的鉛筆」是正確的答案。

（　）② ときどき　かぞくに　電話(でんわ)を　かけます。

1. 毎日(まいにち)　かぞくに　電話(でんわ)を　かけます。
2. いっしゅうかんに　ろっかいぐらい　かぞくに　電話(でんわ)を　かけます。
3. いっかげつに　いっかい　かぞくに　電話(でんわ)を　かけます。
4. いちねんに　いっかいぐらい　かぞくに　電話(でんわ)を　かけます。

中譯 我有時候會打電話給家人。

解析 「ときどき」（有時候）是頻率副詞，選項3「一個月打一次電話給家人」是正確的答案。

（　）③ やまだ「わたしの　あねは　りょうりを　おしえて　います」

1. やまださんの　おばあさんは　りょうりの　せんせいです。
2. やまださんの　おかあさんは　りょうりの　せんせいです。
3. やまださんの　おにいさんは　りょうりの　せんせいです。
4. やまださんの　おねえさんは　りょうりの　せんせいです。

中譯 山田「我的姊姊在教料理。」

解析 「おばあさん」（尊稱人家的奶奶），「おかあさん」（尊稱人家的媽媽），「おにいさん」（尊稱人家的哥哥），「おねえさん」（尊稱人家的姊姊）。所以選項4「山田先生的姊姊是料理老師」是正確的答案。

（　）④ だんだん　あたたかく　なりました。さくらの　はなも　いっぱい　さいて　います。

1. にほんの　はるです。
2. にほんの　なつです。
3. にほんの　あきです。
4. にほんの　ふゆです。

中譯 漸漸變暖和了。櫻花也開得滿滿地。

解析 「春」（春天），「夏」（夏天），「秋」（秋天），「冬」（冬天）。櫻花在春天開，所以選項1「日本的春天」是正確的答案。

（　）⑤ これは　パソコンの　ざっしです。

1. たいてい　まいにち　ききます。

2. たいてい　まいにち　のります。

3. たいてい　まいしゅう　かいます。

4. たいてい　まいつき　やります。

中譯 這是有關電腦的雜誌。

解析 「聞きます」（聽），「乗ります」（搭乘），「買います」（買），「やります」（做）。所以選項3「大致每個星期買」是正確的答案。

（八）模擬試題＋完全解析
❷模擬試題第二回

もんだい１

ぶんの ＿＿の かんじは どう よみますか。
1・2・3・4から いちばん いい ものを
ひとつ えらびなさい。

（　）① このりょうりは <u>野菜</u>と くだもので
つくりました。
1. やざい　2. やさい
3. ゆさい　4. ゆざい

（　）② たんじょうびは 九月<u>九日</u>です。
1. ここのか　2. くにち
3. きゅうにち　4. ここのつ

（　）③ <u>火</u>を けして ください。
1. ひ　2. じ
3. び　4. か

（　）④ うさぎの <u>目</u>は 赤い。
1. かみ　2. あたま
3. め　4. みみ

（　）⑤ 日本の <u>映画</u>が 好きです。
1. えがい　2. えいが
3. えいか　4. えかい

（　）⑥ <u>図書館</u>で ほんを かります。
1. どしょかん　2. としょうかん
3. としょうがん　4. としょかん

（　）⑦ 去年　アメリカへ　いきました。
1. きょうねん　　2. きょねん
3. こねん　　4. さくねん

（　）⑧ 世界で　いちばん　おおきい　くには　どこですか。
1. しがい　　2. しかい
3. せがい　　4. せかい

（　）⑨ このテストは　難しいです。
1. むずかしい　　2. むなかしい
3. むしょしい　　4. むすかしい

（　）⑩ ここに　入っては　いけません。
1. いれって　　2. はいって
3. いりって　　4. はえって

（　）⑪ タバコは　吸わないほうが　いいです。
1. にわない　　2. いわない
3. かわない　　4. すわない

（　）⑫ おおきい　声で　うたいましょう。
1. おん　　2. せい
3. こえ　　4. おと

もんだい 2

つぎの　ぶんの　＿＿の　ことばは　かんじや　かなで　どう　かきますか。1・2・3・4から　いちばん　いい　ものを　ひとつ　えらびなさい。

（　）① おいしゃさんに　しつもんを　しました。
1. 質門　　2. 質開
3. 質問　　4. 質間

（　）② ちょっと　まって　ください。
1.等って　　2.待って
3.持って　　4.侍って

（　）③ いけに　さかなが　います。
1.渚　　2.湖
3.池　　4.堤

（　）④ ことばの　いみが　わかりません。
1.意味　　2.意思
3.意義　　4.意図

（　）⑤ でんしゃに　のって、東京駅で　おります。
1.換ります　　2.折ります
3.下ります　　4.降ります

（　）⑥ いっしゅうかんに　いっかい　にほんごを　べんきょうします。
1.一回　　2.一次
3.一階　　4.一介

（　）⑦ すみません、しおを　とって　ください。
1.砂　　2.塩
3.糖　　4.酢

（　）⑧ ねこが　ミルクを　のみました。
1.みるく　　2.まるく
3.めるく　　4.みろく

もんだい３

つぎの　ぶんの　＿＿の　ところに　なにを　いれますか。1・2・3・4から　いちばん　いい　ものを　ひとつ　えらびなさい。

（　）① にほんの　せいかつには　もう
______か。
1. たのしみました　　2. なりました
3. なれました　　4. あそびました

（　）② 妹は　______ですから、けいけんが
すくないです。
1. おもい　　2. たかい
3. ふるい　　4. わかい

（　）③ あのしんごうを　みぎに　______
ゆうびんきょくが　あります。
1. まわると　　2. まがると
3. えらぶと　　4. こわすと

（　）④ りょうから　がっこうまでは
三百______ぐらいです。
1. ミリ　　2. グラム
3. センチ　　4. メートル

（　）⑤ A「じゃ、また　あした」
B「______」
1. ただいま　　2. おかげさまで
3. あとで　　4. おやすみなさい

（　）⑥ ______を　ひいて　いるから、かいしゃを
やすみました。
1. けが　　2. かぜ
3. びょうき　　4. せん

（　）⑦ うちに　______ときは　もう　十二じを
すぎて　いました。
1. むいだ　　2. かかった
3. けした　　4. ついた

（　）⑧ おちゃを ＿＿＿。
1. はいりましょう　2. わきましょう
3. もどりましょう　4. いれましょう

（　）⑨ あのぼうしを ＿＿＿ いる　ひとは だれですか。
1. かけて　2. かぶって
3. きて　4. はいて

（　）⑩ えいごが　あまり ＿＿＿から、がいこくへ　いきたくないです。
1. わかりません　2. わかります
3. わかる　4. わかった

もんだい４

＿＿の　ぶんと　だいたい　おなじ　いみの　ぶんは　どれですか。1・2・3・4から　いちばん　いい　ものを　ひとつ　えらびなさい。

（　）① ここは　ゆうびんきょくです。
1. にほんごの　ほんを　かいに　いきます。
2. パンを　かいに　いきます。
3. きってを　かいに　いきます。
4. くすりを　かいに　いきます。

（　）② ことしの　ふゆは　あまり　さむくないですね。
1. ことしの　ふゆは　あついですね。
2. ことしの　ふゆは　すずしいですね。
3. ことしの　ふゆは　あたたかいですね。
4. ことしの　ふゆは　つめたいですね。

(　) ③ <u>やまだ「すみません、みずを　ください」</u>
1. やまださんは　おなかが　すきました。
2. やまださんは　のどが　かわきました。
3. やまださんは　あたまが　いたいです。
4. やまださんは　かみを　きりました。

(　) ④ <u>うちから　がっこうまでは　十分です</u>。
1. うちから　がっこうまで　とおいです。
2. うちから　がっこうまで　たかいです。
3. うちから　がっこうまで　ちかいです。
4. うちから　がっこうまで　おそいです。

(　) ⑤ <u>なまえを　よびますから、ちょっと</u>
<u>ここで　まって　いて　ください</u>。
1. このひとは　つくえに　すわります。
2. このひとは　いすに　すわります。
3. このひとは　まどに　すわります。
4. このひとは　ほんだなに　すわります。

模擬試題第二回　解答

もんだい 1

①　2　②　1　③　1　④　3　⑤　2
⑥　4　⑦　2　⑧　4　⑨　1　⑩　2
⑪　4　⑫　3

もんだい 2

①　3　②　2　③　3　④　1　⑤　4
⑥　1　⑦　2　⑧　1

もんだい 3

①　3　②　4　③　2　④　4　⑤　4
⑥　2　⑦　4　⑧　4　⑨　2　⑩　1

もんだい 4

①　3　②　3　③　2　④　3　⑤　2

模擬試題第二回　中譯及解析

問題1

文章中＿＿＿的漢字怎麼唸呢？請從1・2・3・4當中選出一個最好的答案。

（　）① このりょうりは　野菜（やさい）と　くだもので　つくりました。

1. やざい　　2. やさい

3. ゆさい　　4. ゆざい

中譯 這料理是蔬菜和水果做成的。

解析 「野菜（やさい）」（蔬菜）是名詞。其餘選項為不存在的字。這句的助詞「で」用來表示「原料」。

（　）② たんじょうびは　九月九日（くがつここのか）です。

1. ここのか　　2. くにち

3. きゅうにち　　4. ここのつ

中譯 生日是九月九日。

解析 正確答案「九日（ここのか）」（九日）是名詞，選項4「九つ（ここの）」則是「九個」。選項2和選項3為不存在的字。

（　）③ 火（ひ）を　けして　ください。

1. ひ　　2. じ

3. び　　4. か

中譯 請熄火。

解析 「火（ひ）」（火）是名詞，另外「蚊（か）」是「蚊子」的意思，但這不是N5範圍的字彙。

(　) ④ うさぎの　<u>目</u>は　赤い。

1. かみ　　2. あたま

3. め　　4. みみ

中譯　兔子的眼睛是紅的。

解析　正確答案「目」是名詞，意思是「眼睛」。此外，選項1「髪」是「頭髮」；選項2「頭」是「頭」；選項4「耳」是「耳朵」。

(　) ⑤ 日本の　<u>映画</u>が　好きです。

1. えがい　　2. えいが

3. えいか　　4. えかい

中譯　喜歡日本電影。

解析　這一題測驗名詞「映画」（電影）的讀音，「画」的讀音是濁音「が」。

(　) ⑥ <u>図書館</u>で　ほんを　かります。

1. どしょかん　　2. としょうかん

3. としょうがん　　4. としょかん

中譯　在圖書館借書。

解析　這一題測驗名詞「図書館」（圖書館）的讀音，要注意這個字的發音都沒有濁音或長音。

(　) ⑦ <u>去年</u>　アメリカへ　いきました。

1. きょうねん　　2. きょねん

3. こねん　　4. さくねん

中譯　去年去了美國。

解析　「去年」（去年）是名詞。要注意漢字「去」的唸法沒有長音的「きょ」。

(　) ⑧ 世界で　いちばん　おおきい　くには どこですか。

1. しがい　　2. しかい

3. せがい　　4. せかい

中譯 世界上最大的國家是哪裡呢？

解析 正確答案選項4「世界」（世界）是名詞。其餘選項「市外」（市區之外）、「司会」（司儀），亦皆為名詞。「せがい」則是不存在的字。

(　) ⑨このテストは　難しいです。

1. むずかしい　　2. むなかしい

3. むしょしい　　4. むすかしい

中譯 這個考試很難。

解析 「難しい」（困難的）是イ形容詞，這裡用來修飾後面的「テスト」（考試）。其餘選項為不存在的字。

(　) ⑩ ここに　入っては　いけません。

1. いれって　　2. はいって

3. いりって　　4. はえって

中譯 這裡不可以進入。

解析 「入って」是動詞「入る」的て形，運用「～てはいけません」的句型，表示「禁止」的意思。

(　) ⑪ タバコは　吸わないほうが　いいです。

1. にわない　　2. いわない

3. かわない　　4. すわない

中譯 不要抽菸比較好。

解析 本題除了測驗漢字的讀音，同時也使用了「吸(す)う」（吸）的「ない形」接續「～ほうがいい」，表示「勸告」的句型。

（ ）⑫ おおきい　<u>声(こえ)</u>で　うたいましょう。

1. おん　　2. せい
3. こえ　　4. おと

中譯 大聲唱歌吧！

解析 「声(こえ)」是「人或動物發出的聲音」。「東西等非生物」發出的則是「音(おと)」。

問題2

下面文章中＿＿＿的語彙，用漢字或假名該如何寫呢？請從1・2・3・4當中選出一個最好的答案。

（ ）① おいしゃさんに　<u>しつもん</u>を　しました。

1. 質門　　2. 質開
3. 質問　　4. 質間

中譯 向醫生提問了。

解析 「質問(しつもん)」（問題），是名詞。其餘選項為不存在的字。

（ ）② ちょっと　<u>まって</u>　ください。

1. 等って　　2. 待って
3. 持って　　4. 侍って

中譯 請等一下。

解析 「待って」是動詞「待つ」的て形，「等待」的意思。

（　）③ いけに　さかなが　います。

1.渚　　2.湖

3.池　　4.堤

中譯 池子裡面有魚。

解析 「池」（池子）、「渚」（水邊）、「湖」（湖）、「堤」（堤防），這些都是跟水有關的名詞，其中「池」屬於N5範圍，其他皆是中、高級程度的字彙。

（　）④ ことばの　いみが　わかりません。

1.意味　　2.意思

3.意義　　4.意図

中譯 字的意思不懂。

解析 本題考相似詞的辨識，「意味」（意思）、「意思」（想法、心意）、「意義」（意義）、「意図」（目的），根據文意，只有選項1符合。

（　）⑤ でんしゃに　のって、東京駅で　おります。

1.換ります　　2.折ります

3.下ります　　4.降ります

中譯 搭上電車，在東京車站下車。

解析 正確答案選項4「降ります」（下車）是第二類動詞，還須記住另一個漢字雷同的動詞「降

ります」（下雨）屬於第一類動詞。其餘選項中，選項2「折（お）ります」是「折斷」。選項3「下（お）ります」也有「下」的意思，但只是「從高處下來」，並非從交通工具下來。選項1「換ります」則是不存在的字。

（　）⑥ いっしゅうかんに　いっかい　にほんごを べんきょうします。

1.一回　　2.一次

3.一階　　4.一介

中譯 一個星期學習一次日語。

解析 本題考同音字，「一回（いっかい）」是「一次」，「一階（いっかい）」則是「一樓」的意思。其餘為不存在的用法。

（　）⑦ すみません、しおを　とって　ください。

1.砂　　2.塩

3.糖　　4.酢

中譯 不好意思，請幫我拿鹽。

解析 本題考漢字讀音，「砂（すな）」（沙子）、「塩（しお）」（鹽）、「砂糖（さとう）」（糖）、「酢（す）」（醋），皆為名詞。

（　）⑧ ねこが　ミルクを　のみました。

1.みるく　　2.まるく

3.めるく　　4.みろく

中譯 貓喝了牛奶。

解析 「ミルク」（牛奶），另一個同意字是「牛乳（ぎゅうにゅう）」。其餘選項為不存在的字。

問題3

下面文章中______處，要放進去什麼呢？請從1・2・3・4當中選出一個最好的答案。

（　）① にほんの　せいかつには　もう　______か。

1. たのしみました　　2. なりました
3. なれました　　4. あそびました

中譯 已經習慣日本的生活了嗎？

解析 「もう＋動詞的過去式」表示「已經～」。正確答案選項3「慣(な)れました」（習慣了）是動詞「慣(な)れる」（習慣）的過去式。其他選項中，選項1「楽(たの)しみました」（期待了）是動詞「楽(たの)しむ」（期待）的過去式；選項2「なりました」（變成了）是動詞「なる」（變成）的過去式；選項4「遊(あそ)びました」（遊玩了）是動詞「遊(あそ)ぶ」（遊玩）的過去式。

（　）② 妹(いもうと)は　______ですから、けいけんがすくないです。

1. おもい　　2. たかい
3. ふるい　　4. わかい

中譯 舍妹還年輕，所以經驗少。

解析 「若(わか)い」（年輕的），「重(おも)い」（重的），「高(たか)い」（高的、貴的），「古(ふる)い」（舊的），皆為イ形容詞。

（　）③ あのしんごうを　みぎに ＿＿＿＿
ゆうびんきょくが　あります。
1. まわると　　2. まがると
3. えらぶと　　4. こわすと

中譯 那個紅綠燈一右轉，就有郵局。

解析 「曲（ま）がります」是「轉彎」的意思，「曲（ま）がる」是其辭書形。句型「～と～」翻成「一～就～」。其他選項「回（まわ）ります」（旋轉）、「選（えら）びます」（選擇）、「壊（こわ）します」（毀壞）等動詞的辭書形，則屬於中、高級的範圍。

（　）④ りょうから　がっこうまでは　三百（さんびゃく）＿＿＿＿
ぐらいです。
1. ミリ　　2. グラム
3. センチ　　4. メートル

中譯 從宿舍到學校約三百公尺。

解析 本題測驗外來語的單位用法：「メートル」（公尺），「ミリ」（公釐），「グラム」（公克），「センチ」（公分）。

（　）⑤ A「じゃ、また　あした」
B「＿＿＿＿」
1. ただいま　　2. おかげさまで
3. あとで　　4. おやすみなさい

中譯 A「那麼明天見。」B「晚安。」

解析 正確答案「おやすみなさい」除了「晚安」以外，也可用於「晚上的道別」。其餘選項中，選項1「ただいま」為「到家了」；選項2「おかげさまで」為「託您的福」；選項3「後（あと）で」是「之後」，不是完整的句子，必須改成「じゃ、また後（あと）で」才有「那麼，晚點見」的意思，所以正確答案是4。

（　）⑥ ＿＿＿を　ひいて　いるから、かいしゃを　やすみました。

1. けが　　2. かぜ

3. びょうき　　4. せん

中譯 因為感冒，所以向公司請了假。

解析 「風邪（かぜ）をひきます」是「感冒」的意思，本句進一步使用了「～ています」的句型，表示「感冒的狀況依然持續著」。

（　）⑦ うちに　＿＿＿ときは　もう　十二（じゅうに）じを　すぎて　いました。

1. むいだ　　2. かかった

3. けした　　4. ついた

中譯 到家的時候，已經過了十二點了。

解析 「～に着（つ）きます」表示「抵達某地」的意思，本題也應用了句型「動詞た形＋とき」表示「前後動作同時發生」。句尾的「すぎます」的意思是「超過」。

（　）⑧ おちゃを　＿＿＿。

1. はいりましょう　　2. わきましょう

3. もどりましょう　　4. いれましょう

中譯 泡茶吧！

解析 「お茶（ちゃ）を入（い）れます」是「泡茶」的意思，這邊用「～ましょう」是「～吧」的口氣。選項1「入（はい）りましょう」為「進去吧」；選項2「沸（わ）きましょう」為「沸騰吧」；選項3「戻（もど）りましょう」為「回去吧」，所以正確答案是4。

（ ）⑨ あのぼうしを ＿＿＿ いる ひとは だれですか。

1. かけて　　2. かぶって
3. きて　　4. はいて

中譯 那個戴帽子的人是誰？

解析 正確答案「かぶります」是「戴帽子」的「戴」。選項1「かけます」也是「戴」，不過是「戴眼鏡」。選項3「着（き）ます」是「穿（上半身或大衣、洋裝）」。選項4「はきます」則是指「穿（下半身和鞋子）」。

（ ）⑩ えいごが あまり ＿＿＿から、がいこくへ いきたくないです。

1. わかりません　　2. わかります
3. わかる　　4. わかった

中譯 因為不太懂英文，所以不想去國外。

解析 「あまり＋否定」表示「不太～」，只有選項1是否定，所以是正確的答案。

問題4

和＿＿＿句子意思大致相同的，是哪一個呢？請從1・2・3・4當中選出一個最好的答案。

（　）① ここは　ゆうびんきょくです。

1. にほんごの　ほんを　かいに　いきます。
2. パンを　かいに　いきます。
3. きってを　かいに　いきます。
4. くすりを　かいに　いきます。

中譯 這裡是郵局。

解析 選項1是「去買日文書」，選項2是「去買麵包」，選項3是「去買郵票」，選項4是「去買藥」。

（　）② ことしの　ふゆは　あまり　さむくないですね。

1. ことしの　ふゆは　あついですね。
2. ことしの　ふゆは　すずしいですね。
3. ことしの　ふゆは　あたたかいですね。
4. ことしの　ふゆは　つめたいですね。

中譯 今年的冬天不太冷。

解析 選項1「暑（あつ）い」是「炎熱的」；選項2「涼（すず）しい」是「涼爽的」；選項3「暖（あたた）かい」是「溫暖的」；選項4「冷（つめ）たい」則是「冰涼的」，這個字不可以用來形容天氣。所以正確答案是3。

完全解析

(　) ③ やまだ「すみません、みずを　ください」
1. やまださんは　おなかが　すきました。
2. やまださんは　のどが　かわきました。
3. やまださんは　あたまが　いたいです。
4. やまださんは　かみを　きりました。

中譯 山田「不好意思，請給我水。」

解析 選項1是「肚子餓了」；選項2是「喉嚨渴了」；選項3是「頭痛」；選項4是「頭髮剪了」。所以正確答案是2。

(　) ④ うちから　がっこうまでは　十分(じゅっぷん)です。
1. うちから　がっこうまで　とおいです。
2. うちから　がっこうまで　たかいです。
3. うちから　がっこうまで　ちかいです。
4. うちから　がっこうまで　おそいです。

中譯 從家到學校十分鐘。

解析 選項1「遠(とお)い」是「遠的」；選項2「高(たか)い」是「高的」或「貴的」；選項3「近(ちか)い」是「近的」；選項4「遅(おそ)い」是「慢的」。所以正確答案是3。

(　) ⑤ なまえを　よびますから、ちょっと　ここで　まって　いて　ください。
1. このひとは　つくえに　すわります。
2. このひとは　いすに　すわります。
3. このひとは　まどに　すわります。
4. このひとは　ほんだなに　すわります。

中譯 因為會叫名字，請在這邊等一下。

解析 選項1是「坐在桌上」；選項2是「坐在椅子上」；選項3是「坐在窗戶上」；選項4是「坐在書架上」。所以正確答案是2。

（八）模擬試題＋完全解析
❸模擬試題第三回

もんだい 1

ぶんの ＿＿の かんじは どう よみますか。1・2・3・4から いちばん いい ものを ひとつ えらびなさい。

（ ）① まいにち 八百屋で くだものを かいます。
1. よおや　2. やおや
3. はおや　4. はよや

（ ）② このかばんは 1600円です。
1. せんろくはやくえん
2. せんろっぴゃくえん
3. せんろくびゃくえん
4. せんろぴゃくえん

（ ）③ つくえの 下に ねこが います。
1. うみ　2. じた
3. うえ　4. した

（ ）④ あの喫茶店で コーヒーを のみましょう。
1. きっさでん　2. きつさてん
3. きっさてん　4. きつさでん

（ ）⑤ ちちに もらったとけいを たいせつに 使って います。
1. つかって　2. えかって
3. おわって　4. とまって

（　）⑥ あのだいがくは　とても　有名です。

1. ゆめい　　2. ようめい
3. ゆうめい　　4. よめい

（　）⑦ 今朝　しちじに　おきました。

1. おさ　　2. けさ
3. あさ　　4. くさ

（　）⑧ 一人で　びょういんへ　いきました。

1. ふたり　　2. ひとり
3. ひとつ　　4. ふたつ

（　）⑨ シャワーを　浴びてから、かいしゃへ いきます。

1. あびて　　2. わびて
3. さびて　　4. かびて

（　）⑩ ゆうべ　はが　痛くて、ぜんぜん ねられませんでした。

1. うれくて　　2. はやくて
3. いたくて　　4. とおくて

（　）⑪ だいがくを　そつぎょうしたあと、にほんへ　留学したいです。

1. にゅがく　　2. りゅがく
3. にゅうがく　　4. りゅうがく

（　）⑫ これから　にほんごの　授業です。

1. じゅうぎょう　　2. じゅぎょう
3. さんぎょう　　4. じぎょう

もんだい 2

つぎの　ぶんの　＿＿の　ことばは　かんじや　かなで　どう　かきますか。1・2・3・4から　いちばん　いい　ものを　ひとつ　えらびなさい。

（　）① にほんごは　まだ　へたです。
1.手下　2.下手
3.手田　4.下田

（　）② あには　八時に　おきます。
1.妹　2.兄
3.姉　4.娘

（　）③ あのデパートに　はいって　みましょう。
1. でぽおと　2. だぱあと
3. だぼおと　4. でぱあと

（　）④ にほんじんは　はるに　なると　はなみを　たのしみます。
1.花日　2.花美
3.花見　4.花火

（　）⑤ ほんやで　おもしろい　ほんを　かいました。
1.書店　2.本屋
3.書屋　4.本店

（　）⑥ としょかんは　かようびから　にちようびまで　あいて　います。
1.空いて　2.開いて
3.明いて　4.啓いて

(　)⑦ ようじが　おわるまで、まって　いて
ください。
1.幼時　　2.幼児
3.用字　　4.用事

(　)⑧ こんげつの　はつかに　しあいが
あります。
1.二日　　2.二十日
3.八日　　4.四日

もんだい 3

つぎの　ぶんの　＿＿の　ところに　なにを いれますか。1・2・3・4から　いちばん　いい ものを　ひとつ　えらびなさい。

(　)① うちの　ちかくに　コンビニが　＿＿＿、
とても　べんりに　なりました。
1. たおれて　　2. やって
3. できて　　4. おいて

(　)② ここで　しゃしんを　＿＿＿　いいですか。
1. すわっても　　2. とっても
3. まわっても　　4. わっても

(　)③ たいへん　つかれたでしょう。ゆっくり
＿＿＿　ください。
1. やすんで　　2. あそんで
3. ならって　　4. はしって

(　)④ メールは　まだ　＿＿＿して　いません。
1. レポート　　2. ノート
3. チェック　　4. ボタン

(　) ⑤ A「あねが　らいげつ　けっこんします」
B「＿＿＿」
1. いいでしょうね
2. よろしいでしょうね
3. よくないでしょうね
4. よかったですね

(　) ⑥ ちちは　まいにち　よる　＿＿＿
かえります。
1. やすく　　2. とおく
3. おそく　　4. おもく

(　) ⑦ ひこうきが　そらを　＿＿＿　います。
1. はしって　　2. あるいて
3. とんで　　4. さんぽして

(　) ⑧ にちようび、いっしょに　やまに　＿＿＿。
1. はいりましょう　　2. のぼりましょう
3. わたりましょう　　4. いれましょう

(　) ⑨このこうえんは　ひとが　すくなくて
＿＿＿です。
1. にぎやか　　2. じょうず
3. しずか　　4. ひま

(　) ⑩ このへやは　＿＿＿が　はいって　いて
あたたかいです。
1. れいぼう　　2. クーラー
3. でんき　　4. だんぼう

もんだい 4

＿＿の　ぶんと　だいたい　おなじ　いみの　ぶんは　どれですか。1・2・3・4から　いちばん　いい　ものを　ひとつ　えらびなさい。

（　）① ことばの　いみが　わかりません。
1. すみません、けしごむを　かして　ください。
2. すみません、じしょを　かして　ください。
3. すみません、めがねを　かして　ください。
4. すみません、とけいを　かして　ください。

（　）② コーヒーに　さとうを　たくさん　いれました。
1. コーヒーが　つまらなく　なりました。
2. コーヒーが　おもしろく　なりました。
3. コーヒーが　にがく　なりました。
4. コーヒーが　あまく　なりました。

（　）③ マリア「いって　きます」
1. マリアさんは　これから　でかけます。
2. マリアさんは　これから　しょくじします。
3. マリアさんは　これから　ねます。
4. マリアさんは　これから　べんきょうします。

（　）④ ほんが　いっぱい　ならんで　います。
1. これは　ごみばこです。
2. これは　おしいれです。
3. これは　ひきだしです。
4. これは　ほんだなです。

（　）⑤ わたしは　おととい　びじゅつかんへ　いきました。
1. わたしは　にねんまえに　びじゅつかんへ　いきました。
2. わたしは　にしゅうかんまえに　びじゅつかんへ　いきました。
3. わたしは　ふつかまえに　びじゅつかんへ　いきました。
4. わたしは　にかげつまえに　びじゅつかんへ　いきました。

模擬試題第三回　解答

もんだい 1

①	2	②	2	③	4	④	3	⑤	1
⑥	3	⑦	2	⑧	2	⑨	1	⑩	3
⑪	4	⑫	2						

もんだい 2

①	2	②	2	③	4	④	3	⑤	2
⑥	2	⑦	4	⑧	2				

もんだい 3

①	3	②	2	③	1	④	3	⑤	4
⑥	3	⑦	3	⑧	2	⑨	3	⑩	4

もんだい 4

①	2	②	4	③	1	④	4	⑤	3

模擬試題第三回　中譯及解析

問題1

文章中＿＿＿的漢字怎麼唸呢？請從1・2・3・4當中選出一個最好的答案。

（　）① まいにち　八百屋（やおや）で　くだものを かいます。

1. よおや　　2. やおや
3. はおや　　4. はよや

中譯 每天在蔬果店買水果。

解析 正確答案「八百屋（やおや）」（蔬果店）是名詞。其餘選項為不存在的字。這句的「で」用來表示「動作發生的場所」。

（　）② このかばんは　１６００円（せんろっぴゃくえん）です。

1. せんろくはやくえん
2. せんろっぴゃくえん
3. せんろくびゃくえん
4. せんろぴゃくえん

中譯 這包包是一千六百日圓。

解析 「一千」通常省略「一」，直接唸做「千（せん）」，「六百（ろっぴゃく）」有音變，請注意！

（　）③ つくえの　下（した）に　ねこが　います。

1. うみ　　2. じた
3. うえ　　4. した

中譯 桌子下面有隻貓。

解析 句型「場所＋に＋～が＋存在動詞」用來表示人或事物存在的場所。本句因為「猫（ねこ）」（貓）是生物，所以動詞是「います」。

（　）④ あの喫茶店（きっさてん）で　コーヒーを　のみましょう。

1. きっさでん　　2. きつさてん
3. きっさてん　　4. きつさでん

中譯 在那間咖啡廳喝咖啡吧！

解析 「喫茶店（きっさてん）」（咖啡廳）是名詞。這句測驗考生有沒有注意到促音。助詞「で」用來表示「動作發生的場所」。

（　）⑤ ちちに　もらったとけいを　たいせつに　使（つか）って　います。

1. つかって　　2. えかって
3. おわって　　4. とまって

中譯 很珍惜地使用從家父那邊得到的手錶。

解析 「使（つか）って」是動詞「使（つか）います」的て形，「使用」的意思。「大切（たいせつ）」（重要、珍惜的）是ナ形容詞，以「ナ形容詞＋に」修飾動詞。

（　）⑥ あのだいがくは　とても　有名（ゆうめい）です。

1. ゆめい　　2. ようめい
3. ゆうめい　　4. よめい

中譯 那間大學非常有名。

解析 「有名(ゆうめい)」（有名的）是ナ形容詞。其餘選項皆不正確。

（　）⑦ 今朝(けさ)　しちじに　おきました。
1. おさ　　2. けさ
3. あさ　　4. くさ

中譯 今天早上七點起床了。

解析 「今朝(けさ)」（今天早上）是名詞，因為是已經經過的時間，所以後面一定要接過去式。

（　）⑧ 一人(ひとり)で　びょういんへ　いきました。
1. ふたり　　2. ひとり
3. ひとつ　　4. ふたつ

中譯 自己一個人去了醫院。

解析 「一人(ひとり)」（一個人）是名詞，以「數量＋で」表示「總共～」的意思。此外，選項1「二人(ふたり)」是「二個人」；選項3「一(ひと)つ」是「一個」；選項4「二(ふた)つ」是「二個」。

（　）⑨ シャワーを　浴(あ)びてから、かいしゃへ　いきます。
1. あびて　　2. わびて
3. さびて　　4. かびて

中譯 沖澡之後，緊接著去上班。

解析 「シャワーを浴(あ)びます」是「沖澡」；「泡澡」則是「お風呂(ふろ)に入(はい)ります」。

（　）⑩ ゆうべ　はが　痛くて、ぜんぜん
ねられませんでした。

1. うれくて　　2. はやくて
3. いたくて　　4. とおくて

中譯 昨晚牙齒痛，完全睡不著。

解析 「痛い」（疼痛的）是イ形容詞，在這邊用「イ形容詞去い＋くて」作為「イ形容詞的連接」。

（　）⑪ だいがくを　そつぎょうしたあと、
にほんへ　留学したいです。

1. にゅがく　　2. りゅがく
3. にゅうがく　　4. りゅうがく

中譯 大學畢業之後，想去日本留學。

解析 「留学」（留學）是名詞。「動詞た形＋あと」表示「～之後」。

（　）⑫ これから　にほんごの　授業です。

1. じゅうぎょう　　2. じゅぎょう
3. さんぎょう　　4. じぎょう

中譯 接下來是日文課。

解析 本題測驗考生對名詞「授業」（授課）的讀音，長音的地方需要特別注意。

問題2

下面文章中＿＿＿的語彙，用漢字或假名該如何寫呢？請從1・2・3・4當中選出一個最好的答案。

（　）① にほんごは　まだ　<u>へた</u>です。

1. 手下　　2. 下手
3. 手田　　4. 下田

中譯 日語還不擅長。

解析 「下手（へた）」（不擅長的）是ナ形容詞。

（　）② <u>あに</u>は　八時（はちじ）に　おきます。

1. 妹　　2. 兄
3. 姉　　4. 娘

中譯 家兄八點起床。

解析 這一題測驗考生對家人稱謂的熟悉度，「妹（いもうと）」是「舍妹」；「姉（あね）」是「家姊」；「娘（むすめ）」是「女兒」。

（　）③ あの<u>デパート</u>に　はいって　みましょう。

1. でぽおと　　2. だぱあと
3. だぼおと　　4. でぱあと

中譯 進去那間百貨公司看看吧！

解析 「デパート」（百貨公司）是名詞。其餘選項為不存在的字。

（　）④ にほんじんは　はるに　なると　はなみを
たのしみます。

1.花日　　2.花美

3.花見　　4.花火

中譯 日本人一到了春天，就很期待賞花。

解析 用「～と～」表示「一～就～」。正確答案選項3「花見」是「賞花」。其餘選項中，「花火」是「煙火」；「花日」和「花美」則無此語彙。

（　）⑤ ほんやで　おもしろい　ほんを
かいました。

1.書店　　2.本屋

3.書屋　　4.本店

中譯 在書店買了有趣的書。

解析 正確答案選項2「本屋」（書店）是名詞。其餘選項中，「書店」也是中文「書店」的意思之一，不過本字不屬N5範圍，唸法亦不相同。選項4「本店」是「總店」的意思。選項3「書屋」則無此用法。

（　）⑥ としょかんは　かようびから
にちようびまで　あいて　います。

1.空いて　　2.開いて

3.明いて　　4.啓いて

中譯 圖書館從星期二到星期日都開著。

解析 「開きます」（開）是動詞。本題進一步應用了「動詞て形＋います」的句型，表示「持續的狀態」。「空（あ）いて」（空的）；「明（あ）いて」（張開、拉開）；「啓いて」則無此用法。

（　）⑦ ようじが　おわるまで、まって　いて　ください。

1.幼時　　2.幼児

3.用字　　4.用事

中譯　事情辦完為止，請稍候。

解析　正確答案選項4「用事（ようじ）」是「事情」。其餘選項「幼時（ようじ）」（孩提時代）、「幼児（ようじ）」（幼兒）、「用字（ようじ）」（用字）發音雖然相同，但與本題語意不合。

（　）⑧ こんげつの　はつかに　しあいが　あります。

1.二日　　2.二十日

3.八日　　4.四日

中譯　這個月的二十日有比賽。

解析　「二十日（はつか）」（二十日）是名詞；另外有一相關詞「二十歳（はたち）」（二十歳）也是名詞，二者都是特殊的唸法，出題頻率也很高，請務必背誦記憶。除此之外，「二日（ふつか）」、「二つ（ふた）」等，和「二」相關的語彙，唸法也須多加留意。

問題3

下面文章中＿＿＿處，要放進去什麼呢？請從1・2・3・4當中選出一個最好的答案。

（ ）① うちの　ちかくに　コンビニが　＿＿＿、とても　べんりに　なりました。

1. たおれて　　2. やって

3. できて　　4. おいて

中譯 家裡附近有了便利商店，變得非常方便。

解析 「できて」是動詞「できる」的て形，表示「有」或「設立」。「倒(たお)れて」（倒塌）、「やって」（做）、「置(お)いて」（放置），皆為動詞て形。

（ ）② ここで　しゃしんを　＿＿＿　いいですか。

1. すわっても　　2. とっても

3. まわっても　　4. わっても

中譯 這邊可以拍照嗎？

解析 「写真(しゃしん)を撮(と)ります」是「拍照」的意思。「動詞て形＋もいいですか」表示「請求許可」，意為「～也可以嗎」。「座(すわ)って」（坐）、「回(まわ)って」（旋轉）、「割(わ)って」（割開），皆為動詞て形。其中「回(まわ)って」、「割(わ)って」並不屬於N5範圍。

(　) ③ たいへん　つかれたでしょう。ゆっくり
＿＿＿ください。

1. やすんで　　2. あそんで
3. ならって　　4. はしって

中譯 非常累了吧！請慢慢地休息。

解析 「動詞普通體＋でしょう」表示「推測」。「動詞て形＋ください」表示「請～」。「休(やす)んで」（休息）、「遊(あそ)んで」（遊玩）、「習(なら)って」（學習）、「走(はし)って」（跑步），皆為動詞て形。

(　) ④ メールは　まだ　＿＿＿して　いません。

1. レポート　　2. ノート
3. チェック　　4. ボタン

中譯 尚未檢查郵件。

解析 「まだ＋動詞的否定形」表示「尚未～」。「チェック」（檢查）、「レポート」（報告）、「ノート」（筆記本）、「ボタン」（按鈕、釦子），依照文意，只有選項3才是正確答案。

(　) ⑤ A「あねが　らいげつ　けっこんします」
B「＿＿＿」

1. いいでしょうね
2. よろしいでしょうね
3. よくないでしょうね
4. よかったですね

中譯 A「家姊下個月結婚。」B「太好了。」

解析 「よい」是イ形容詞，「よかった」是「よい」的過去式，表示「太好了」。イ形容詞過去式

的變化方式為「イ形容詞去い＋かった」。

(　) ⑥ ちちは　まいにち　よる ______ かえります。

1. やすく　　2. とおく

3. おそく　　4. おもく

中譯 我的父親每天很晚回家。

解析 本題測驗副詞的用法，「イ形容詞去い＋く」變成「副詞」，可以修飾後面的動詞「帰(かえ)ります」(回家)。

(　) ⑦ ひこうきが　そらを ______ います。

1. はしって　　2. あるいて

3. とんで　　4. さんぽして

中譯 飛機在天上飛。

解析 「經過地＋を」，表示「經由～地點」，常用的動詞有「散歩(さんぽ)します」(散步)、「飛(と)びます」(飛)、「通(とお)ります」(通過)……等。

(　) ⑧ にちようび　いっしょに　やまに ______。

1. はいりましょう　　2. のぼりましょう

3. わたりましょう　　4. いれましょう

中譯 星期天一起去爬山吧！

解析 正確答案選項2「山(やま)に登(のぼ)りましょう」是「爬山吧」的意思。其餘選項「入(はい)りましょう」是「進去吧」;「渡(わた)りましょう」是「渡過吧」;而「入(い)れましょう」則是「放進去吧」。

（　）⑨ このこうえんは　ひとが　すくなくて　＿＿＿です。

1. にぎやか　　2. じょうず
3. しずか　　4. ひま

中譯 這個公園人很少，很安靜。

解析 正確答案選項3「静か（しずか）」（安靜的）是ナ形容詞。其餘選項「にぎやか」（熱鬧的）、「上手（じょうず）」（擅長的）、「ひま」（空閒的），皆為ナ形容詞。

（　）⑩ このへやは　＿＿＿が　はいって　いて　あたたかいです。

1. れいぼう　　2. クーラー
3. でんき　　4. だんぼう

中譯 這房間有暖氣開著，很溫暖。

解析 正確答案「暖房（だんぼう）」是「暖氣」的意思。選項1、2的「冷房（れいぼう）」和「クーラー」，都是「冷氣」的意思；選項3「電気（でんき）」則是「電燈」或「電力」的意思。

問題4

和＿＿＿句子意思大致相同的，是哪一個呢？請從1・2・3・4當中選出一個最好的答案。

（　）① ことばの　いみが　わかりません。

1. すみません、けしごむを　かして

ください。

2. すみません、じしょを　かして
ください。

3. すみません、めがねを　かして
ください。

4. すみません、とけいを　かして
ください。

中譯 不懂字的意思。

解析 選項1「不好意思，請借我橡皮擦」；選項2「不好意思，請借我字典」；選項3「不好意思，請借我眼鏡」；選項4「不好意思，請借我手錶」。根據語意，必須選擇2。

(　) ② コーヒーに　さとうを　たくさん
いれました。

1. コーヒーが　つまらなく　なりました。
2. コーヒーが　おもしろく　なりました。
3. コーヒーが　にがく　なりました。
4. コーヒーが　あまく　なりました。

中譯 咖啡加進了很多砂糖。

解析 選項1「咖啡變無聊了」；選項2「咖啡變有趣了」；選項3「咖啡變苦了」；選項4「咖啡變甜了」。只有選項4才是正常的答案。

(　) ③ マリア「いって　きます」

1. マリアさんは　これから　でかけます。
2. マリアさんは　これから
しょくじします。

3. マリアさんは　これから　ねます。
4. マリアさんは　これから
べんきょうします。

中譯 瑪莉亞「我走了。」

解析 選項1「瑪莉亞小姐現在要出門」；選項2「瑪莉亞小姐現在要用餐」；選項3「瑪莉亞小姐現在要睡覺」；選項4「瑪莉亞小姐現在要唸書」。所以正確答案是1。「いってきます」（我要出門了）是日本人出門時常說的招呼用語，回答則是「いってらっしゃい」（小心慢走），請讀者務必記得。

（　）④ ほんが　いっぱい　ならんで　います。
1. これは　ごみばこです。
2. これは　おしいれです。
3. これは　ひきだしです。
4. これは　ほんだなです。

中譯 排列了很多書。

解析 選項1「這是垃圾桶」；選項2「這是壁櫥」；選項3「這是抽屜」；選項4「這是書架」。所以正確答案是4。

（　）⑤ わたしは　おととい　びじゅつかんへ
いきました。
1. わたしは　にねんまえに
びじゅつかんへ　いきました。
2. わたしは　にしゅうかんまえに

びじゅつかんへ　いきました。

3. わたしは　ふつかまえに
びじゅつかんへ　いきました。

4. わたしは　にかげつまえに
びじゅつかんへ　いきました。

中譯 我前天去了美術館。

解析 選項1「我二年前去了美術館」；選項2「我二週前去了美術館」；選項3「我二天前去了美術館」；選項4「我二個月前去了美術館」。所以正確答案是3。本題測驗考生是否知道「おととい」（前天）的意思，另外，「前年」的日語是「おととし」，讀者可一併記得。

國家圖書館出版品預行編目資料

新日檢N5單字帶著背！新版 / 張暖彗著
-- 四版 -- 臺北市：瑞蘭國際, 2023.02
320面；10.4×16.2公分 --（隨身外語系列；66）
ISBN：978-626-7274-06-4（平裝）
1.CST：日語 2.CST：詞彙 3.CST：能力測驗

803.189　　112000976

隨身外語系列 66

新日檢 N5單字帶著背！新版

作者｜張暖彗・責任編輯｜葉仲芸、王愿琦
校對｜張暖彗、こんどうともこ、葉仲芸、王愿琦

日語錄音｜今泉江利子、吉岡生信
錄音室｜不凡數位錄音室、純粹錄音後製有限公司
封面設計｜劉麗雪、陳如琪・版型設計｜張芝瑜
內文排版｜帛格有限公司、張芝瑜、陳如琪・插畫｜614

瑞蘭國際出版
董事長｜張暖彗・社長兼總編輯｜王愿琦
編輯部
副總編輯｜葉仲芸・主編｜潘治婷
設計部主任｜陳如琪
業務部
經理｜楊米琪・主任｜林湲洵・組長｜張毓庭

出版社｜瑞蘭國際有限公司・地址｜台北市大安區安和路一段104號7樓之1
電話｜(02)2700-4625・傳真｜(02)2700-4622・訂購專線｜(02)2700-4625
劃撥帳號｜19914152 瑞蘭國際有限公司
瑞蘭國際網路書城｜www.genki-japan.com.tw

法律顧問｜海灣國際法律事務所　呂錦峯律師

總經銷｜聯合發行股份有限公司・電話｜(02)2917-8022、2917-8042
傳真｜(02)2915-6275、2915-7212・印刷｜科億印刷股份有限公司
出版日期｜2023年02月初版1刷・定價｜300元・ISBN｜978-626-7274-06-4
2023年07月初版2刷

本書採用環保大豆油墨印製